Maik Jungfleisch

FATAL MISTAKE
Falsche Zeit. Falscher Weg.

#FATALMISTAKE

Falsche Zeit. Falscher Weg.

THRILLER

Maik Jungfleisch

© 2017 Maik Jungfleisch
Umschlaggestaltung: Maik Jungfleisch

Herstellung und Verlag:
BoD – Books on Demand, Norderstedt

ISBN
Paperback | 978-3-7448-9725-9

Printed in Germany

Gewidmet
– in bekannter Erinnerung –
an den über uns Wachenden.
Gott wacht über dich. Er wacht über uns.
Vergeben. Nicht vergessen.
*Und der **Liebe**, mit Dank.*

Der kalte Winter meldete sich langsam aber sicher. Dezember 2015. Die fast dreißigjährige Nele nahm ihren Rucksack, packte ihre Sachen ein, schwang ihn sich auf den Rücken und verließ den Umkleideraum. Während sie Handschuhe und Schal anzog, warf sie einen letzten Blick auf die übrigen Frauen, die im Gegensatz zu ihr noch nicht fertig angezogen waren und sich amüsant miteinander unterhielten. Wie immer eigentlich.

»Also, dann macht's gut und genießt den Rest des Abends noch.«

Mit diesen Worten verabschiedete sie sich von den anderen, davor machten die Mädels noch schnell ein Gruppenselfie, das auf Instagram für diejenigen sichtbar war, die #sportjunkies folgten.

»Nele, dir auch noch einen schönen Abend«, erwiderte Wibke, während sie ihre Schuhe anzog und einen Blick zu der Jüngeren herüberwarf.

»Wieso hast du es eigentlich so eilig, gehst du denn nicht mehr mit auf einen Absacker?«

Gespannt wartete sie auf eine Antwort.

»Ach, lass mal, heute nicht«, seufzte Nele und legte ihre rechte Hand auf den Türgriff. »Ich habe den ganzen Tag einen brummenden Schädel und will einfach nur noch nach Hause.«

Sie winkte den anderen noch kurz zu, bevor sie die Schwimmhalle verließ.

Draußen zog Nele den Reißverschluss ihrer gut gefütterten Daunenjacke bis oben hin zu und setze sich eine gelbe Mütze auf die langen schwarzen Haare, um sich nach dem Schwimmen nicht schon wieder eine Erkältung einzufangen. Erst vor sechs Wochen lag sie anderthalb Wochen im Bett. Für Erkältungen war sie sehr anfällig.

Die Kirchenuhr schlug soeben siebenmal. Ein Zeichen dafür, dass der Bus gerade abgefahren war und der nächste erst in mehr als zwanzig Minuten kommen würde. Es ärgerte sie dennoch ein wenig, eben unnötigerweise Gas gegeben zu haben, zumal der Bus sonst auch nie pünktlich gewesen ist.

Okay, dann gehe ich eben zu Fuß. Die frische Luft wird mir sicherlich guttun. Vielleicht verschwinden dabei ja auch die nervigen Kopfschmerzen von ganz allein. Auf Tabletten habe ich gar keinen Bock.

Bis nach Hause auf den Weiherberg würde die zierliche Nele etwa eine halbe Stunde benötigen. Durch den Park hingegen ließen sich um die zehn Minuten einsparen. Sie überlegte, welchen Weg sie wählen sollte, den weiten entlang der stark frequentierten Victor-Hugo-Straße oder den direkten durch den Stadtpark führenden. Mehrere vorbeifahrende Autos nahmen ihr die Entscheidung ab und ließen sie auf den Park zusteuern.

Oh nein, bloß nicht die ganze Zeit über diesem grässlichen Straßenlärm ausgesetzt sein müssen, das würde meine

8

Kopfschmerzen nur noch verstärken. Ich bin echt froh, gleich endlich nach Hause zu kommen. Nicht auszudenken, wenn ich mit diesem Schädelbrummen heute Nachtdienst hätte.

Der Kiosk kurz vor dem Eingang in die Grünanlage hatte noch geöffnet und im schummrigen Licht der letzten Straßenlaterne sah sie ein paar Gestalten vor der Verkaufsluke stehen.

Beim langsamen Näherkommen erkannte die Krankenschwester ihren Arbeitskollegen Benjamin, der genau wie sie im Städtischen Krankenhaus arbeitete.

Seit einigen Monaten war Benjamin der neue Hausmeister und hatte den Posten von seinem Vorgänger Dominik übernommen, der diesen Job aufgrund gesundheitlicher Probleme nicht mehr ausüben konnte. Zusammen mit seinem besten Kumpel Jan, der als Vizehauswart fungierte, bildeten die beiden Männer ein perfektes Team.

Benjamin war ein hilfsbereiter Mann und sich für keine Tätigkeit zu schade, auch wenn diese außerhalb seines Zuständigkeitsbereiches lag.

Ungefähr im gleichen Alter wie Nele, verfügte er über einen schlanken durchtrainierten Körper. Die kurzen mittelblonden Haare erinnerten an die eines Lausbuben, allerdings bei einem Gardemaß von einem Meter vierundachtzig. Seine doch eher genierliche Art gefiel der Neunundzwanzigjährigen und erinnerte sie an ihre eigene Schüchternheit.

Bei dem Gedanken an ihn huschte ein Lächeln über ihr schmales, blasses Gesicht. Sie wusste, dass auch er

Single war, denn sein Freund und Kollege Jan hatte ihr vor wenigen Tagen scheinbar nebensächlich einiges über ihn erzählt.

Er ahnte wohl, dass die beiden Alleinstehenden mehr als nur Kameradschaft miteinander verband und spielte sich als Kai Pflaume in besten Zeiten auf.

Im Schein der matten Kioskbeleuchtung erkannte sie jetzt auch den zweiten Mann, bei dem es sich tatsächlich um Jan handelte.

Im Gegensatz zu Benjamin trug er seine dunkelblonden Haare etwas glatter am Kopf anliegend, was aber auch an der Kappe liegen konnte, die er des Öfteren aufhatte. Auch er wirkte attraktiv, obwohl sein Körperbau eher als kräftig zu bezeichnen war. Ein wenig kleiner als Benjamin, dafür aber wesentlich aufgeschlossener im Wesen, entsprach er allerdings nicht wirklich Neles Typ.

Den dritten im Bunde sah die junge Frau heute zum ersten Mal, er schien dem Kiosk anzugehören. Drei Augenpaare blickten ihr neugierig entgegen.

»Hey, Nele! Was machst du denn um diese Zeit noch hier?«, rief Jan ihr entgegen. Ohne eine Antwort abzuwarten fuhr er direkt fort: »Magst du ein Bier mit uns trinken? Komm her, ich gebe eins aus.«

Er vollführte eine einladende Handbewegung.

Nachdem Nele den Kiosk erreicht hatte, blieb sie kurz stehen und nickte den Männern der Reihe nach freundlich zu.

»Hallo, allerseits.«

»Hi, Nele.« Benjamin hob die Hand zum Gruß und lächelte, während der Fremde ihr mit seiner Bierflasche wortlos zuprostete und sie eingehend betrachtete.

»Das ist wirklich lieb von dir, Jan. Aber mir ist heute ausnahmsweise einmal nicht nach Alkohol zumute«, erwiderte Nele mit einem gequälten Grienen und deutete mit der Hand auf ihren schmerzenden Kopf. »Ich habe höllische Kopfschmerzen und will nur noch so schnell wie möglich nach Hause. Vielleicht ein andermal, wenn es mir wieder besser geht.«

Sie wippte auf den Zehenspitzen vor und zurück.

»Außerdem ist es auch viel zu kalt für ein Bier, ein warmer Kakao oder Glühwein wäre sicherlich angebrachter«, versuchte sie zu witzeln.

»Damit können wir leider nicht dienen«, konterte Jan und grinste sie an. »Wir stehen mehr auf Erfrischungen und das zu jeder Jahreszeit.«

»Dann lasst es euch mal noch schmecken«, erwiderte Nele und klopfte zum Abschied mit den Fingerknöcheln auf den Stehbiertisch. »Ich werde mir daheim einen schönen warmen Tee genehmigen und danach ins Bett gehen, das ist bekanntlich ja die beste Medizin. Also macht es gut.«

Mit diesen Worten verabschiedete sich die junge Frau von dem Dreiergestirn.

»Mach du es besser«, beeilte sich Jan zu sagen.«

Mit schmachtendem Blick starrte er ihr nach.

»Tschüss Nele«, kam es über Benjamins Lippen, während der Unbekannte nur wortlos nickte.

»Definitiv nicht schlecht die Kleine, was?«, grinste Jan. »Die würde ich auch nicht von der Bettkante schubsen, aber ich glaube die steht mehr auf durchtrainierte Typen.«

Augenzwinkernd blickte er zuerst Benjamin und dann den muskulösen Franz an, der sich äußerlich gesehen nur unwesentlich in Größe und Haarfarbe von den beiden anderen unterschied.

Während Benjamin desinteressiert mit den Schultern zuckte, antwortete Franz ihm:»Wirklich nicht übel das Mädel, sieht ganz nett aus, ist aber nichts für mich. Seit meiner gescheiterten Verehelichung bin ich überzeugter Single und gönne mir lediglich ab und zu eine wilde Nacht.«

Ruckartig griff er nach seiner Bierflasche und umfasste den Flaschenhals derart fest, dass seine Handknöchel weiß hervortraten. Hastig trank er den Inhalt in einem Zug aus und stellte die leere Pulle lautstark zurück auf den Tisch. Rülpsend wischte er sich mit dem Handrücken den Mund ab.

»Ist wesentlich unkomplizierter, das sag ich euch.«

»Jedem das Seine«, konterte Benjamin und klopfte mit der flachen Hand auf die Tischplatte.»Um fünf Uhr ist die Nacht vorbei und ich bin hundemüde. Wird Zeit, dass ich ins Bett komme.«

»Ja, wie spät ist es denn schon?«, fragte Jan sichtlich irritiert und warf einen Blick auf seine Uhr.»Oh je, schon einundzwanzig Uhr durch. Jetzt aber nichts wie los, ich muss noch mit dem Hund raus.«

Er schien es plötzlich eilig zu haben.»Kümmerst du dich um die leeren Flaschen, oder soll ich sie zurück in die Kiste stellen?«

Erwartungsvoll sah er zu Franz rüber.

»Nein, lass mal gut sein, das erledige ich selber«, antwortete er und schnappte sich das Leergut, um es auf die Verkaufsluke zu bugsieren.»Das ist mein Job und den kriege ich bezahlt. Ich mach den Laden jetzt eh dicht, bevor noch einer kommt und was kaufen will.«

»Also Leute, dann bis morgen.«

Benjamin holte sein Bike hinter einem Baum hervor und war im Begriff loszufahren, als Jan das Wort an ihn richtete.

»Alter, das wär doch eben die beste Gelegenheit gewesen, die Kleine einfach mal anzusprechen und zum Essen oder so einzuladen. Wieso hast du die Chance denn nicht genutzt? Ich weiß doch, dass du auf sie stehst.«

Die Hände in den Hosentaschen vergraben, stand er breitbeinig vor Benjamin und grinste ihn unverschämt an: »Lass mal gut sein, das ist nicht mein Ding so im Vorbeigehen. Irgendwann wird sich schon noch eine entsprechende Gelegenheit ergeben, aber dann ganz bestimmt nicht, wenn ihr dabei seid. Also, macht es gut und bis morgen.«

Sichtlich ungehalten trat Benjamin in die Pedale.

Nele ärgerte sich schon jetzt über ihr törichtes Verhalten, den anderen Weg genommen zu haben. Viel zu weit standen die Laternen auseinander, die mit ihrer dürftigen Beleuchtung lediglich einen schwachen Lichtkegel rund um die Lampe erzeugten, nicht aber in der Lage waren den Weg zu erhellen.

Mittlerweile wurde ihr recht mulmig bei dem Gedanken allein durch den finsteren Park zu laufen. Doch jetzt noch einmal umzudrehen war ihr einfach zu blöd und kam keinesfalls infrage.

Möglicherweise standen die drei Männer noch immer am Kiosk und würden sie wegen ihrer Ängstlichkeit nur auslachen. Sie schüttelte sich bei dem Gedanken an diese

Peinlichkeit. Ihr Stolz war stärker als die Furcht und ließ sie zügig voranschreiten.

Noch nie hatte sie in der Vergangenheit das Rascheln der Bäume und die nächtlichen Geräusche so intensiv wahrgenommen wie heute. Das jagte ihr einen Schauer über den Rücken.

***

Es war nicht der erste Abend, an dem Nele von einem Mann beobachtet wurde. Seit Wochen schon verfolgte er sie, ohne dass sie auch nur den Hauch einer Ahnung verspürte.

Die stille Nele gefiel ihm vom ersten Augenblick an und er spürte ein immer größer werdendes Verlangen sie in seinen Besitz zu bekommen.

Er wollte ihre langen schwarzen Haare und ihren wohlgeformten Körper berühren, ihn streicheln und den Duft ihrer Haut in sich aufsaugen. Doch bis es soweit war, musste er sich noch ein wenig in Geduld üben, durfte nichts überstürzen und sich vor allem keinen Fehler erlauben.

Seinen Recherchen zufolge wusste er, dass sie zurückgezogen lebte, neunundzwanzig Jahre alt und Alleinstehend war. Der Rest ihrer Verwandtschaft wohnte in Süddeutschland und sie fuhr alle paar Wochen mit dem Zug dorthin, um den Kontakt zu pflegen.

Ein Auto besaß sie nicht, erledigte all ihre Wege zu Fuß oder mit dem Fahrrad. In einem kleinen Heft, rot, notierte er sich akribisch die wichtigsten Ereignisse, ihre Gepflogenheiten und somit auch die damit verbundenen Örtlichkeiten und Zeiten.

Den Dienstplan sämtlicher Krankenschwester kannte er mittlerweile in- und auswendig. Er grinste bei der Vorstellung sie mit zu sich nach Hause zu nehmen.

Warte nur ab, Süße. Bald gehörst du mir. Nur noch wenige Minuten trennen uns voneinander, dann hab ich dich. Das Schöne daran ist, du weißt es nur noch nicht. Und das fühlt sich richtig gut an.

In weiser Vorfreude rieb er sich die Hände und gluckste vergnügt vor sich hin.

***

Mittlerweile war Nele an der unübersichtlichsten Stelle des Parks angekommen.

Zu ihrer Linken befand sich ein langgezogener Teich, der mit seinem dicht bepflanzten Ufer nur indirekte Sicht auf das Gewässer zuließ.

Auf der rechten Seite säumten ebenfalls eng nebeneinander stehende Bäume und Sträucher den ehemals breiten Weg, der mittlerweile zugewachsen nur noch als Trampelpfad zu bezeichnen war.

Dahinter befand sich eine etwa zwölf Meter hohe Böschung, auf deren höchster Stelle sich ein weiterer

Weg erstreckte. Kein einziger Lichtstrahl fiel auf diesen stillen und friedlich anmutenden Ort unterhalb des Walls, den Nele entlanglief.

Plötzlich blieb sie mit dem rechten Fuß an Wurzelwerk oder etwas Ähnlichem hängen und stürzte mit einem spitzen Aufschrei zu Boden.

Oh nein, nicht auch das noch, so ein verdammter Mist. Wäre ich doch bloß nicht auf diese bekloppte Idee gekommen im Dunklen allein durch den Park zu laufen.

Fluchend erhob sich die junge Frau, um sogleich wieder in die Knie zu gehen. Beim Versuch aufzutreten durchflutete plötzlich ein heftiger Schmerz den Außenknöchel ihres rechten Fußes.

»Autsch, autsch, au, au, au!«, schrie sie auf und tastete ihren Knöchel nach Verletzungen ab.

»So eine verdammte Scheiße«, fluchte sie.

Hoffentlich ist er nicht verstaucht.

Zu allem Überfluss rutschte ihr bei dieser Aktion der Rucksack von hinten über den Kopf nach vorn und sorgte für zusätzlichen Unmut.

Ich kriege gleich eine Krise. Hat sich denn heute alles gegen mich verschworen? Aber Jammern hilft jetzt auch nicht, davon wird's nicht besser. Ich muss einfach die Zähne zusammenbeißen und an etwas Schönes denken, dann wird's schon gehen. Irgendwie.

Beunruhigt warf Nele einen Blick über die Schulter, um sich neu zu orientieren.

Jetzt bloß nicht versehentlich in die falsche Richtung laufen, das wäre die Krönung des Abends, wo ich einen Großteil der Strecke bereits hinter mir gelassen habe. Irgendwann muss dieser dämliche Weg ja mal ein Ende haben, so lang ist er mir tagsüber jedenfalls noch nie vorgekommen.

***

Der Beobachter hatte seinen alten Kombi am entgegengesetzten Ende des Parks in einer kleinen Gasse abgestellt, um Nele zu Fuß entgegenzugehen. Es sollte eine Überraschung werden.

Im Gegensatz zu ihr benutzte er aber nicht den unteren Trampelpfad, sondern den darüber liegenden breiten Weg der nicht gänzlich in der Dunkelheit lag.

Eine entfernt stehende Laterne sandte letzte Ausläufer ihrer Strahlen dorthin. Seiner Einschätzung nach zufolge mussten sie sich etwa auf gleicher Höhe befinden, denn er konnte sie schimpfen hören.

Nach wenigen Metern würde von seiner Strecke aus ein schmaler Verbindungspfad nach unten führen. Mit etwas Beeilung könnte er vor Nele die Unterführung erreicht haben, wo beide Wege sich miteinander vereinten.

Des Beobachters Augen waren an die Dunkelheit gewöhnt, weil er ständig übte ohne Beleuchtung zurechtzukommen. Bei der Arbeit hatte er das Licht in den dunklen Gängen oftmals bewusst ausgelassen um seinen Orientierungssinn zu schärfen, das sollte heute sein Vorteil sein.

Grinsend kniff er die Augen zusammen und schob den Unterkiefer nach vorn, um seiner wilden Entschlossenheit Ausdruck zu verleihen.

Die Vorfreude auf das bevorstehende Ereignis trieb ihm den Schweiß aus den Poren, seine Hände wurden feucht und ein wohliges Kribbeln breitete sich in der Magengegend aus.

Sein Jagdinstinkt war geweckt und ließ ihn begierig auf die Beute warten. Heute sollte sich zeigen, ob seine Observationen von Erfolg gekrönt sein würden, wenn das Netz sich allmählich immer enger zusammenzog und er seine Fühler nach ihr ausstrecken konnte.

***

Von Schmerzen geplagt erreichte Nele humpelnd endlich das Ende des schmalen Pfades.

Doch bevor sie erleichtert aufatmen konnte, sorgte unmittelbar vor ihr ein huschendes Wesen für eine Schrecksekunde.

Irgendetwas Kleines kreuzte ihren Weg, vermutlich ein nicht allzu großes Tier, das aufgrund seiner Flinkheit und der Finsternis nicht zu identifizieren war.

Sie erschrak fürchterlich und schrie kurz auf, bevor sie für einen Moment die Luft anhielt und in die Dunkelheit hinein lauschte. Ihr Herz schlug wie wild und sie konnte ihren eigenen keuchenden Atem wahrnehmen. Kleine Wolken stoben aus ihrem Mund hektisch gen Himmel und verflüchtigten sich innerhalb weniger Augenblicke.

Ich höre mich nicht nur wie ein gehetztes Tier an, sondern ich fühle mich auch so, das ist ja lächerlich. Als wenn hier um diese Zeit jemand aus Jux und Laune durch die Gegend poltert, nur um mir Angst einzujagen. Ich sollte nicht so viele Krimis sehen, dann hätte ich jetzt nicht die Hosen voll. Da huscht eine Maus von einer Seite auf die andere und ich gebärde mich, als würde es sich um ein Ungeheuer handeln. Das kommt davon, wenn man Abkürzungen wählt, weil man zu faul ist, zehn Minuten länger als nötig zu laufen.

Sich selber Mut machend, umfasste sie forsch die Riemen ihres Rucksacks und pustete mehrmals hintereinander geräuschvoll ein und aus, bevor sie von Schmerzen gepeinigt weiterhastete.

Oh, jetzt bloß keine Panik kriegen, Nele. Nur noch fünf Minuten und du bist raus aus diesem Scheißpark.

Nicht nach rechts oder links schauend zwang sich die junge Frau ihren Blick ausschließlich nach vorn zu richten, wo in der Ferne die notdürftig beleuchtete Fußgängerunterführung ihr ein gewisses Gefühl von Sicherheit vermittelte.

Endlich wieder ein Funken Licht.

Sie schnaufte erleichtert und beschleunigte ihren Schritt, obwohl der verletzte Fuß dermaßen brannte.

Trotz ihres keuchenden Atems glaubte sie plötzlich in unmittelbarer Nähe ein seltsames Geräusch zu vernehmen und verlangsamte daher automatisch das Tempo, um lauschen zu können.

Nachdem sie zum Stehen gekommen war und die mysteriösen Laute auch noch ein zweites und gar drittes Mal gehört hatte, beschlich die junge Frau ein beklemmendes Gefühl, welches zu Besorgnis führte.

Sie glaubte einer Sinnestäuschung zu unterliegen und schob das vermeintliche Säuseln ihren überstrapazierten Nerven in die Schuhe.

Doch im Unterbewusstsein ahnte sie bereits, dass die zu vernehmenden Laute nicht ihrer Einbildung entsprangen, sondern der bitteren Wahrheit.

Das gedämpfte Flüstern oder Rufen erinnerte an einen Psychothriller, den Nele vor Kurzem im Kino mit einer Kollegin gesehen hatte. Wie gebannt horchte sie in das Dunkel der Nacht, vermochte aber nicht zu sagen, woher der Ton kam oder wer ihn von sich gegeben haben könnte.

Sie erschauerte bei der Vorstellung, dass es eine menschliche Stimme war die zu ihr sprach. Panische Angst breitete sich in ihrem tieferen Inneren aus und drang mit ungeahnter Schnelligkeit an die Oberfläche.

Innerhalb weniger Sekunden wurde ihr bewusst, dass sie nicht allein war. Um gegen einen möglichen Angriff gewappnet zu sein, zog sie rein mechanisch den Kopf ein.

Wie aus dem Nichts tauchte vor ihr der Umriss einer riesigen Gestalt auf.

»Hallo meine Süße, ich hab schon auf dich gewartet.«

Begleitet von einem grunzenden Lachen bewegte sich die scheinbar männliche Person wie in Zeitlupe auf sie zu. Der zu ihm gehörige, gewaltige Schatten unterstrich seine Bedrohlichkeit.

»Kommen Sie mir bloß nicht näher, sonst schreie ich«, krächzte Nele mit weit von sich gestreckten Armen, während sie jede seiner Bewegungen furchtsam beobachtete.

Doch anstatt ihrem Wunsch zu entsprechen, lachte er heiser und bewegte sich in aller Seelenruhe weiter auf die verstört wirkende Frau zu.

Kies knirschte unter seinen Schuhen und vermittelte Nele das unangenehme Gefühl von zermalmendem Getier.

Trotz ihrer prekären Situation konnte sie nicht verhindern darüber nachzudenken, wie es wäre von diesen Sohlen wie ein Käfer zertreten zu werden. Instinktiv ballte sie die Hände zu Fäusten, um sich notfalls gegen den Unbekannten zur Wehr setzen zu können.

Schweiß brach aus all ihren Poren und sorgte für ein unangenehmes Kribbeln entlang der Wirbelsäule. Ihre schlotternden Beine bewegten sich im Zeitlupentempo automatisch rückwärts und in ihren Ohren begann es heftig zu rauschen, gefolgt von dem sehnsüchtigen Gedanken einer Flucht.

Je mehr sie sich bemühte von der Stelle zu kommen, desto weniger gelang es ihr. Schwer wie Blei klebten die Füße am Boden und hinderten sie am Weglaufen.

Angstvoll blickte sie dem sich Nähernden entgegen und öffnete den Mund zu einem Schrei.

Doch bevor sie dazu in der Lage schien, war er mit einem Satz bei ihr und packte die vor Schreck wie gelähmte Frau brutal an den Armen. Einem klatschenden Geräusch folgte ein brennender Schmerz, der sie entsetzt aufschreien ließ.

Einem Instinkt zufolge trat sie mit den Stiefeln nach ihrem Gegenüber, um sich aus dessen stählernem Griff zu befreien. Gleichzeitig versuchte sie verzweifelt ihm in die Hände zu beißen, doch er war wesentlich stärker als sie und riss Nele mit einem Ruck zu sich heran.

Fest presste er seinen nach Schweiß stinkenden Körper gegen den der jungen Frau, die wie von Sinnen auf ihn einschlug und sich ihm vergeblich zu entziehen versuchte.

Je mehr die Krankenschwester tobte, desto heftiger wurde seine Reaktion. Ihr Verhalten schien ihn gleichermaßen wütend zu machen und anzuheizen.

Gern hätte der Beobachter dieses Spielchen noch ein Weilchen fortgesetzt, doch um zu verhindern, dass seine Beute mit ihrem Gezeter unwillkommene Zuschauer anlockte, beendete er diese Angelegenheit durch einen derben Stoß vor die Brust.

Wie vom Blitz getroffen stürzte Nele mit einem erstickten Schrei zu Boden.

»Hilfe, Hiiiiiiilfe«, schrie sie und versuchte sich rückwärts auf dem Hosenboden rutschend aus der Gefahrenzone zu bringen.

Ein Tritt ins Gesicht ließ sie schlagartig verstummen.

»Du kleines Miststück, halt bloß deine dämliche Fresse, sonst wirst du mich richtig kennenlernen.«

Wieder trat er sie, diesmal in den Unterleib.

»Dir werde ich schon noch zeigen, wo es langgeht. Steh auf, du Schlampe, damit wir endlich von hier wegkommen. Hab schon genug Zeit mit Warterei vertrödelt.«

Um seiner Forderung Nachdruck zu verleihen, beugte er sich zu ihr runter und riss an ihren langen Haaren. Als sie sich nicht rührte, baute er sich drohend vor ihr auf und stemmte die Hände in seine Hüften.

»Steh endlich auf hab ich gesagt, sonst mach ich dir ganz schnell Beine.«

Ohne jegliche Regung ihrerseits, zerrte er sie an der Kapuze hoch. Der bis obenhin zugezogene Reißverschluss der Jacke schnürte Nele die Kehle zu und hinderte sie am Luftholen. Reflexartig zerrte sie mit den Händen an ihrem Kragen, bis der Reißverschluss ein wenig nachgab und sich selbstständig öffnete.

Obwohl ihr ganzer Körper schmerzte und die Beine zitterten, versuchte sie an ihm vorbeizukommen. Er versperrte ihr nicht nur den Weg, sondern verabreichte ihr ohne jegliches Mitgefühl einen weiteren Schlag ins Gesicht.

»So nicht, du elende Hure. Immer schön hiergeblieben, sonst muss ich böse werden.«

Brutal packte er sie bei den Haaren und riss ihren Kopf nach hinten in den Nacken.

»Versuch nicht noch einmal mich zu linken, oder du bist schneller tot als du glaubst.«

Blitzartig hatte er ihre Hände auf dem Rücken mit einem Kabelbinder zusammengebunden und rammte ihr sein Knie in den Rücken. Der heftige Schmerz ließ Nele bewusstlos zu Boden stürzen.

Schnell drehte er sie auf den Rücken um, holte aus der Tasche seines Parkas eine Rolle Klebeband, riss ein Stück davon ab und klebte es seinem Opfer auf den Mund.

Hastig schleifte er die Wehrlose hinter einen Busch, zerrte ihr die Hose herunter und verging sich an der Hilflosen. Dabei machte er mit seinem Smartphone etliche Bilder, auf einem posierte er mit seinem Penis auf der Stirn Neles. Danach trug er sie die letzten Meter bis zum Auto über der Schulter, nicht ohne sich zuvor in alle vier Himmelsrichtungen von seinem Alleinsein überzeugt zu haben.

Kaum zu glauben wie empfindlich die Kleine ist. Die dünnen Dinger können heutzutage auch gar nichts mehr ab. Ein bisschen schubsen und schon fallen sie erst hin und dann auch noch in Ohnmacht. Dabei bin ich doch noch ziemlich nett gewesen, aber das hat man von seiner Gutmütigkeit die auch ein Stück Dummheit ist. Welch ein Glück, dass sie nicht wirklich zum Schreien gekommen ist.

Er kicherte bei der Vorstellung, welch großes Vergnügen alle Beteiligten in den nächsten Tagen erwartete. Rechts und links der Wegstrecke war weit und breit keine Menschenseele zu sehen. Abseits der wenigen Häuser hatte er den Kombi rückwärts direkt am Eingang geparkt. Im Sommer herrschte hier abends immer Trubel, wenn die Grillsaison nach Würstchen und Bier schrie. Aber jetzt im Dezember hatten die Besitzer ihre Gärten und Lauben winterfest gestaltet und schauten nur hin und wieder nach dem Rechten. Nach dem Öffnen der Kofferraumklappe ließ er Nele wie einen nassen Sack auf die ausgebreitete Decke fallen.

»Meine Süße, jetzt fahren wir in dein neues Zuhause.« Noch ein letzter zufriedener Blick auf sein Opfer und er konnte die Abdeckung zuziehen und die Klappe zuschlagen, als die Uhr der Kirche zehnmal schlug.

Ein mulmiges Gefühl ergriff plötzlich Besitz von dem lang aufgeschossenen Mann, als er an seine Mutter und die Verspätung dachte. Sie würde ihn wieder verbal attackieren und zur Strafe ohne Essen ins Bett schicken. Vielleicht aber auch nicht wenn sie sah, was er ihr mitgebracht hatte.

Siegessicher nahm er hinter dem Lenkrad Platz und warf sich eine Handvoll Erdnüsse ein.

Beim Starten des Motors erwachte Nele aus ihrer Bewusstlosigkeit. Dunkelheit umgab sie ebenso wie beängstigende Enge. Es roch nach Benzin und Abgasen. Sie fühlte wie sie durchgeschüttelt wurde.

Auf der Seite liegend versuchte sie sich zu orientieren und lauschte dem Motorengeräusch.

Ich liege in einem Kofferraum, dieses verdammte Schwein will mich entführen.

Panisch versuchte sie sich aufzurichten, zerrte an den Fesseln und bemerkte entsetzt den Klebestreifen auf ihrem Mund.

Heftige Schmerzen durchströmten ihren geschundenen Körper. Nicht nur ihr Herz klopfte wie wild, sondern auch im Kopf hämmerte es ununterbrochen.

Ihre Gedanken überschlugen sich bei der Feststellung, dass die Hose nicht richtig hochgezogen war. Eine abscheuliche Erkenntnis ließ sie erschauern und innerlich aufschreien.

Nach wenigen Kilometern verlangsamte der Fahrer des Kombi das Tempo und bog von der Preußenstraße auf den Waldweg ab, welcher ihn zu seinem Anwesen führte. Vorsichtig die Schlaglöcher umfahrend, steuerte er nach dem Passieren des alten Hoftores auf direktem Weg die Scheune an.

Eine Laterne spendete spärliches Licht, das für seine Zwecke völlig ausreichte. Unmittelbar hinter dem Scheunentor brachte er den Wagen zum Stehen und schaltete den Motor aus.

Dem Handschuhfach entnahm er einen Mundschutz und band ihn sich um. Dann öffnete er die Tür und stieg aus dem Fahrzeug, um seine Beute zu begutachten.

Bevor er sich zum Kofferraum begab, warf er noch einen argwöhnischen Blick auf den Hof, ehe er das Scheunentor von innen sorgfältig verschloss.

Bedächtig öffnete er die Heckklappe und schob die Abdeckung nach hinten. Nele hatte sich soweit es ging von der Klappe zurückgezogen und den Kopf seitlich an den Radkasten gelehnt.

Mit angezogenen Beinen starrte sie ihren Peiniger im Dämmerlicht an, bereit sich zu wehren. Angst schnürte ihr die Kehle zu, als seine klobigen Hände brutal nach ihr griffen und er sie mit einem Ruck zu sich heranzog.

Obwohl sie strampelte und sich nach Leibeskräften wehrte, steckten ihre Füße wie in einer Schraubzwinge. Der verletzte Knöchel machte sich zusätzlich bemerkbar und ließ Nele aufstöhnen. Trotz der Schmerzen kämpfte sie weiter gegen den Mann, der sie jetzt aus dem Kofferraum herauszerrte und zu Boden stieß.

»Du kleines Luder, dir werde ich schon noch zeigen, wer hier der Boss ist.«

So sehr Nele sich auch bemühte, schnell wieder auf die Beine zu kommen, gelang es ihr nicht einmal ansatzweise. Die halb heruntergezogene Hose und ihre gefesselten Hände hinderten sie daran.

Bitte lieber Gott, hilf mir.

So rasch wie möglich drehte sie sich auf den Rücken und versuchte ihm durch Rutschen auf dem Hintern zu entkommen.

Ich muss aus diesem Albtraum erwachen, bevor das Schwein mich kriegt.

»Hey, hey, hey!«, rief er ungehalten. »Wer will denn da die Biege machen? Du wirst doch wohl nicht abhauen wollen, du elendes Stück Scheiße. Wir sind doch gerade erst angekommen. Verhält man sich so seinem Gastgeber gegenüber?«

Breitbeinig stand er über ihr, öffnete seine Hose und urinierte auf die unter ihm liegende Nele.

Angewidert drehte Nele den Kopf zur Seite und versuchte sich wegzurollen, doch ein Tritt in die Seite ließ sie in ihrer Bewegung verharren. Ihr wurde schwarz vor Augen und sie glaubte, erneut ohnmächtig zu werden. Doch bevor erlösende Dunkelheit sie umgeben konnte, schmiss er sich mit seinem massigen Balg auf sie und riss ihr das Klebeband vom Mund.

Ein Schrei des Entsetzens entrang Neles Kehle und ihr geschundener Körper bäumte sich auf. Sein Gesicht ganz dicht über ihrem, flüsterte er ihr ins Ohr.

»Wenn du brav bist und mir versprichst nicht abzuhauen, löse ich die Fesseln.«

Verunsichert und ängstlich hielt Nele die Augen geschlossen und atmete nur flach, bevor sie leicht mit dem Kopf nickte.

Seinen widerlichen Atem riechend und seine fordernden Hände spürend, gedachte sie sich einen Augenblick lang in ihr Schicksal zu ergeben. Doch stattdessen hörte sie sich zu ihrer eigenen Verwunderung laut um Hilfe schreien.

»Hilfe!«, Hilfe! Lass mich los, du Schwein!«, kreischte die junge Frau und begann heftigen Widerstand zu leisten.

Dabei hatte sie sich doch eigentlich vorgenommen ihren Peiniger nicht noch mehr zu reizen, um seine ungezügelte Wut nicht noch mehr spüren zu müssen.

»Ja, wehre dich ruhig, schrei doch, nur zu, hier hört dich eh keiner. So gefällst du mir. Los, schrei weiter, das macht mich nämlich erst richtig scharf.«

Obwohl der Mundschutz nur undeutliche Laute zuließ, verstand Nele jedes einzelne Wort und würde es niemals wieder vergessen.

achdem Bettina Marz die dunkelbraune Haustür des alten Hauses von innen abgeschlossen hatte, schaute sie erneut aus dem Fenster zur Einfahrt des ehemaligen Bauernhofes, welcher abgeschieden von der Zivilisation außerhalb der Stadt lag.

Niemand gelangte zu ihrem Grundstück heraus, nicht einmal der Postbote. Für die Bewohner der nahe gelegenen Kleinstadt waren sie und ihr Abkömmling quasi Aussätzige, mit denen keiner etwas zu tun haben wollte. Ihre Briefsendungen wurden in einem Postfach hinterlegt, welches ihr Sohn einmal wöchentlich überprüfte.

Mangels Geld hatten sie in den letzten Jahren nur die nötigsten Reparaturen durchgeführt und so tropfte es bei Regenwetter an verschiedenen Stellen durch das undichte Dach. Feuchte Wände waren die Folge und in manchen Räumen roch es modrig, während der Schimmel sich immer weiter ausbreitete.

Seufzend strich sie sich mit der rechten Hand eine graue Strähne aus dem aufgedunsenen Gesicht. Schwergewichtig von ungesunder Ernährung und mangelnder Bewegung, machten sich die lädierten Gelenke bemerkbar und sorgten für schwerfälliges Gehen am Stock.

»Irgendein Vergnügen muss der Mensch schließlich haben«, murmelte sie leise und schlurfte mit Pralinen bewaffnet vom Wohnzimmer aus in das angrenzende

Schlafzimmer, um es sich dort vor dem Fernseher gemütlich zu machen.

Laut schmatzend vertilgte sie innerhalb kurzer Zeit alle Trüffel und warf den leeren Karton achtlos auf den Boden.

Der eingeschaltete Film langweilte sie, sodass sie bereits nach wenigen Minuten einschlief und laut zu schnarchen begann. Wenige Augenblicke später wurde sie durch den Motorenlärm des nahenden Kombi aus ihren Träumen gerissen.

Voller Ungeduld wartete sie auf die vertrauten Geräusche des Schlüssels im Schloss der Eingangstür. Als sich auch nach einer Viertelstunde noch immer nichts dergleichen tat, quälte sich Bettina Marz aus ihrem Bett, um nach dem Rechten zu sehen.

Auf ihren Gehstock gestützt schlurfte sie über den Hof. Das Scheunentor war verschlossen, aber dahinter tobte der Bär. Mit einer ihr nie zugetrauten Schnelligkeit bückte sie sich und griff durch eine Öffnung in der Bretterwand, wo sie den Schlüssel für die Nebentür aufbewahrte. Hastig schob sie ihn ins Schloss und drehte ihn um.

»Mach dich sofort von ihr runter, du Idiot! Behandelt man etwa so einen Gast?«

Wutschnaubend stand die Alte plötzlich in der Scheune und betätigte den Lichtschalter. Gleichzeitig mit dem Aufflammen des Lichtes traf den Entführer der Schlag ihres Gehstockes am Rücken und ließ ihn sein Vorhaben unverzüglich beenden. Ruckartig erhob er sich vom Boden und klopfte umständlich seine Hose ab.

»Mutter, hast du mich jetzt erschreckt«, nuschelte er unter der Maske hervor. »Ich dachte du schläfst längst.«

Seine Stimme klang überrascht und ein wenig unbeholfen.

»Wenn du schon denkst, dann kommt doch sowieso nichts Vernünftiges dabei heraus. Wer soll denn bei diesem Spektakel schlafen?«

Zornig sah sie ihn an und ließ den Stock gegen seine Beine knallen.

»Aua, nicht so fest, du tust mir weh«, beklagte er sich und vollführte einen Schritt zur Seite, um dem Missmut seiner Mutter zu entrinnen.

»Hilf unserem Gast lieber aufzustehen und zeig ihr das Gästezimmer«, ertönte es donnernd aus ihrem Mund.

»Und wehe, du hältst dich nicht an die Abmachungen.«

Wie ein Wachhund passte die Alte auf, dass ihr Sohn die Gefangene vernünftig auf die Beine stellte und sie behutsam ins Haus geleitete.

Insgeheim freute sich Bettina Marz über den unverhofften Besuch, mit dem so schnell nicht zu rechnen war.

Um die steile Kellertreppe am heutigen Tag nicht noch ein zweites Mal hinunterzumüssen, verfolgte sie das Treiben mit großem Interesse vom oberen Podest aus. Ihre Müdigkeit war einem zunehmenden Glücksgefühl gewichen und sie konnte den morgigen Tag kaum noch abwarten.

Auch wenn sie von hier aus ihren Sohn nicht gänzlich unter Kontrolle hatte, so wollte sie die Quälerei des nochmaligen Treppensteigens nicht in Kauf nehmen. Ihr Körper dankte es ihr im Anschluss an eine derartige

Belastung mit Herzrasen und Schmerzen in den Gelenken.

Ich habe ja alles gut vorbereitet. Und sollte wider Erwarten doch noch etwas fehlen, lassen sich die Kleinigkeiten auch morgen noch erledigen. Unser Besuch wird dankbar sein, in ein derart liebevoll und bezaubernd eingerichtetes Zimmer zu kommen. Das ist nicht selbstverständlich und darf nicht unterschätzt werden. Die Kleine soll sich in ihren eigenen vier Wänden wohlfühlen. Wichtig ist nur, dass Sohnemann sich an die Regeln hält und die hübsche Schwarzhaarige nicht gleich überstrapaziert. Was das zur Folge haben kann, hat man ja bei ihrer Vorgängerin Rapunzel gesehen, aber die war auch ein bisschen arg sensibel.

Die Alte kicherte zufrieden bei dem Gedanken, dass sie fortan wieder Gesellschaft haben würde.

Wie heißt die Neue doch gleich noch? Nenja, Neva oder wie? Er hat es nur nebenbei erwähnt, na ja, ist nicht so wichtig, Namen sind Schall und Rauch, die kann man behalten oder vergessen. Ich verpasse ihr später ohnehin einen der mir gefällt und der wesentlich besser zu ihr passt als der alte.

Vorsichtig beugte sie ihren Oberkörper so weit wie möglich über das Treppengeländer, um in die Tiefe zu lauschen. Nicht das kleinste Geräusch drang zu ihr herauf. Ein Zeichen dafür, dass er ihren Anweisungen Folge leistete, sonst würde die Kleine vermutlich um Hilfe schreien.

Dennoch klopfte sie ungeduldig mit dem Stock auf die alten Dielen, um ihm Beeilung zu signalisieren.

»Wo bleibst du denn?!«, rief sie ungeduldig. »Mach unseren Gast fest und komm endlich hoch, damit ich alles über deinen Einsatz erfahren kann!«

Das Rufen strengte sie an, sodass ihr Kopf rot anlief. Mit dem Handrücken wischte Bettina die am Kinn herunterlaufende Spucke weg. Durch die heftige Armbewegung löste sich die Kordel des langen, rosafarbenen Morgenmantels und gewährte einen Einblick auf ein geblümtes Nachthemd, das zwei Handbreit über den Knien endete und ihre kräftigen Beine betonte.

Ah, jetzt fällt mir der Name der Kleinen wieder ein, die Gute heißt Nele. Hm, vielleicht nenne ich sie Gretel, Rosenrot oder Helene? Nein, auf keinen Fall Helene, das klingt zu fromm.

Verächtlich verzog sie den Mund.

Ich glaube, ich nenne sie eher Schneewittchen, lange schwarze Haare hat sie ja. Aber die könnte man ja auch abschneiden, wenn sie mir auf die Dauer nicht gefallen sollten. Hm, Rosi wäre auch nicht schlecht, klingt blumig und duftig. Will erst einmal sehen für welches Kleid sie sich entscheidet, bevor ich meine Entscheidung treffe. Ach wie schön, endlich wieder einen Gast im Haus zu haben, hoffentlich schadet diese Aufregung meinem Herzen nicht.

Gleichermaßen entzückt und nachdenklich klopfte sie sich mit ihrem Zeigefinger an den Kopf.

Das Beste wird sein ich schlaf nochmal eine Nacht drüber.
Ach, ich habe doch Zeit, so unendlich viel Zeit, die Kleine läuft
mir ja nicht weg.

***

Der Raum, in den Nele gebracht wurde, war nicht
sonderlich groß. Sie erfasste sofort die kahlen grauen
Wände, an denen die Feuchtigkeit ihre Spuren
hinterlassen hatte.

Eine nackte Glühbirne hing von der Decke herab und
spendete spärliche Beleuchtung. Es roch nach Moder
und Schimmel.

In einer Ecke sah sie ein Bett stehen, mit einer Decke
und einem Kissen darauf, daneben der Nachtschrank.

Mittig des Zimmers befand sich ein Tisch. In der Ecke
gegenüber dem Bett registrierte die verstörte junge Frau
ein Waschbecken an der Wand, unter dem ein Eimer
stand.

Aus den Augenwinkeln erblickte sie einen Spiegel
über dem Becken, in den sie jetzt lieber nicht schauen
wollte aus Sorge, sich selber nicht wiederzuerkennen.

Solange seine Mutter in der Nähe war, hatte das
Arschloch die Schnauze nicht mehr aufbekommen und
sie auch körperlich nicht attackiert, sondern ihr sogar die
Handfesseln abgenommen, nachdem der junge Sünder
ihr auch das Handy aus der Hosentasche entwendete
und zerschlug.

Jetzt schrie die Frau im herrischen Tonfall von oben herab, dass er sich beeilen solle. Er äffte sie nach, indem er ihre Worte wiederholte.

»Wo bleibst du denn? Mach sie fest und komm endlich hoch.«

Bei diesen Worten schubste er Nele heftig auf das Bett, sodass sie aufschrie.

»Los, gib mir deinen rechten Fuß, damit ich ihn festmachen kann.«

»Bitte«, flehte sie ihn an. »Bitte nicht fesseln.«

Ohne sie auch nur eines Blickes zu würdigen, hantierte der Peiniger mit der Kette herum und griff brutal nach Neles Wade.

Automatisch hatte sie beim Fall auf das Bett beide Beine angezogen und versuchte noch einmal an seine Menschlichkeit zu appellieren.

»Bitte, bitte keine Kette. Ich verspreche auch nicht wegzulaufen.«

Als er auf ihr Betteln nicht reagierte, wurde sie von Panik befallen und strampelte mit den Beinen. Dabei traf sie ihn mit dem Schuh an der Hand.

»Miststück, das wirst du mir büßen!«, brüllte er und zog ihr die Eisenkette über die Oberschenkel. »Wenn du das noch einmal machst hau ich dir welche in die Fresse, dass du deine Zähne hinterher einzeln wieder einsammeln kannst.«

»Auuuuuu! Neeeiiiin, nein, nicht, Bitte, bitte aufhören!«, schrie Nele voller Verzweiflung und presste ihr Gesicht in das Kissen, als ließe sich dadurch der Schmerz besser ertragen.

Wortlos legte er ihr die Fessel an und verließ dann den Raum.

Nele lag eine gefühlte Ewigkeit reglos auf dem Bett und schluchzte leise vor sich hin. Lediglich ihr eigener Herzschlag verursachte einen innerlichen, unbändigen Krach. Es klang, als wolle es gleich explodieren. Tapfer wischte sie die Tränen fort und drehte sich auf den Rücken.

Während ihr Blick starr an der Kellerdecke hängenblieb, lauschte sie in die Stille hinein. Nur zögernd ließ sie ihren Kopf erst nach rechts und dann nach links gleiten, bis ihr plötzlich bewusst wurde, dass sie eine Gefangene war.

Von einem hysterischen Lachkrampf befallen, sprang sie blitzartig auf und rannte mit der rasselnden Kette am Fuß zur Tür. Mit beiden Fäusten hämmerte sie dagegen und schrie wie von Sinnen.

»Macht die Tür auf, ich will hier raus! Ich will raaauuus! Hilfe! Hiiilfe! Hört mich denn keiner?!«

Wieder und immer wieder schrie und hämmerte sie wie eine Wilde, bis die Kraft nachließ und sie nicht mehr konnte. Müde drehte sie sich um, lehnte sich an die Tür und rutschte im Zeitlupentempo daran herunter, bis sie einem Häufchen Elend gleich am Boden hockte.

ie Stationsschwester der J7 des Städtischen Krankenhauses steckte ihren Kopf in das kleine Patientenzimmer, in dem Schwester Edith und Pfleger Dante mit vereinten Kräften gerade eine schwerkranke Patientin umbetteten.

»Sagt mal ihr beiden Hübschen, hat eine von euch Nele gesehen?«, fragte Florine.

Edith hob erstaunt den Kopf. »Ist sie denn immer noch nicht da? Das passt so überhaupt nicht zu ihr, sie ist normalerweise die Pünktlichkeit in Person.«

»Normalerweise.«

»Ich habe sie auch noch nicht zu Gesicht bekommen und online war sie gestern Abend das letzte Mal«, fügte Dante schulterzuckend hinzu.

»Hast du es schon mit anrufen probiert?«

»Ja, allerdings geht sie nicht ans Festnetz und ihr Handy ist aus. Dann müssen wir uns halt ein wenig in Geduld üben. Vermutlich hat sie ausnahmsweise nur mal verschlafen und befindet sich bereits auf dem Weg hierher.«

Augenzwinkernd schloss sie die Tür von außen und begab sich wieder zurück ins Stationszimmer. Zwei Stunden und drei Anrufversuche später beim gemeinsamen Frühstück tauchte die Frage um Neles Verbleib erneut auf.

»Wo kann sie denn bloß sein?«, fragte Stationsschwester Florine irritiert in die Runde.

»Keine Ahnung«, erwiderte Edith. »Ich weiß nur, dass sie dienstags immer zum Schwimmen geht. Aber mehr kann ich dazu auch nicht sagen.«

»Soviel ich weiß, trifft sie sich danach immer noch mit einigen der Frauen auf ein Bier im *Jaulenden Krug*.«

Schwesternschülerin Ricarda biss herzhaft in ihr Brötchen, um dann mit vollem Mund und aufgeregt winkend ihre Aussage zu ergänzen.

»Mensch, Wibke von der U23 gehört doch auch zu dieser Truppe. Und die hat heute ebenfalls Frühdienst. Das weiß ich deshalb so genau, weil wir zusammen im Fahrstuhl hochgefahren sind.«

Kaum ausgesprochen, nahm Florine das Telefon erneut in die Hand und wählte die Nummer der U23. Gespannt lauschten die anderen ihren Worten. Nachdem das Gespräch beendet war, schaute sie ratlos in die Runde und seufzte.

»Tja, Wibke sagt, Nele habe gestern Abend aufgrund heftiger Kopfschmerzen unmittelbar nach dem Schwimmen den Heimweg angetreten, ob nun zu Fuß oder mit dem Bus, das wusste sie nicht.«

»Nee, das glaube ich jetzt nicht.«

Ungläubig schüttelte Dante den Kopf und blickte ihre Kolleginnen der Reihe nach an. »Wenn ihr auf dem Nachhauseweg etwas passiert wäre, sie einen Unfall erlitten hätte oder dergleichen, dann würde sie doch hier im Krankenhaus liegen und wir wüssten längst Bescheid.«

Aufgeregt sprang sie vom Stuhl auf.

»Da stimmt irgendetwas nicht, das passt so ganz und gar nicht zu Neles korrektem Verhalten. Vielleicht ist ihr wirklich was Schlimmes widerfahren und wir sitzen hier tatenlos rum und lassen den lieben Gott einen guten Mann sein. Ich bin dafür, dass wir vorsichtshalber die Polizei einschalten und nachfragen, ob es einen Unfall oder so gegeben hat.«

»Meinst du wirklich?«, wagte Edith einzuwenden.

»Nicht, dass wir uns blamieren und sie hat sich im Tag geirrt und ist womöglich schon zu ihren Eltern gefahren.«

»Im Leben nicht«, schnaubte Dante und griff zielstrebig zum Telefonhörer.

Ein Anruf bei Oberkommissar Folz, der in der örtlichen Polizeiinspektion arbeitet, ergab, dass in der vergangenen Nacht kein Unfall mit einer jungen Frau stattgefunden hatte.

Allerdings zeigte der nette Beamte auffallendes Interesse an den Fragen der Krankenschwester und wusste im Gegenzug zu berichten, dass am frühen Morgen im Park ein herrenloser Rucksack von einem Mann gefunden wurde, der mit seinem Hund Gassi gegangen war.

Im Rucksack befand sich nasse Badekleidung, die auf eine Frau hinzudeuten schienen. In unmittelbarer Nähe lag eine gelbe Strickmütze, die ebenso im Zusammenhang mit der Vermissten stehen dürfte, wie auch ein sichergestellter Wohnungsschlüssel.

Aufgrund der gemachten Angaben seitens der Krankenschwester versprach der Mann von der Einsatzzentrale, unverzüglich einen Streifenwagen zu besagter Wohnanschrift der Nele Homberg zu entsenden.

»Anton zwölf von Anton null eins bitte kommen.«

»Hier Anton zwölf, Anton null eins kommen.«

»Einmal Retour zur Dienststelle, einen Schlüssel abholen und anschließend zum Weiherberg in die Pasteurstraße 120 fahren. Dort soll im dritten Stock eine Nele Homberg wohnen. Sie ist heute nicht zur Arbeit erschienen und telefonisch auch nicht erreichbar. Schaut dort bitte einmal nach dem Rechten.«

»Anton zwölf hat verstanden, laufen Dienststelle an.«

»Hier Anton null eins, Ende.«

Nachdem die beiden Polizeibeamten mehrmals vergebens an der Wohnungstür von Nele Homberg geklingelt hatten, verschafften sie sich unter Zuhilfenahme des mitgebrachten Schlüssels Zutritt.

Eine unmittelbar gegenüber wohnende, ältere Nachbarin glaubte über die Gepflogenheiten sämtlicher Mieter bestens Bescheid zu wissen und klärte die Beamten dahingehend auf.

»Ich kann abends nie einschlafen«, berichtete sie sichtlich erfreut über die willkommene Abwechslung.

»Deshalb sitze ich häufig am Küchenfenster und schaue auf die Straße hinaus. Alte Leute wie ich haben so ihre Probleme mit dem Schlaf, wenn sie verstehen was ich meine. Außerdem muss ja einer aufpassen, dass hier alles seine Richtigkeit hat.«

»Nur gut, dass es Menschen wie Sie gibt.«

Verständnisvoll lächelnd schob der jüngere der beiden Polizisten seine Dienstmütze verwegen nach hinten, ganz zur Begeisterung der alten Dame.

»Oh, junger Mann, so sehen Sie meinem verstorbenen August sehr ähnlich, er war Offizier.«

»Frau Brehme«, unterbrach sie jetzt der zweite Beamte leicht ungehalten. »Seit einer geschlagenen Viertelstunde stehen wir praktisch auf der Stelle, und das nicht nur im übertragenen Sinn. Haben Sie Frau Homberg denn nun gestern Abend nach Hause kommen sehen oder nicht?«

Nachdenklich kratzte sich die alte Dame an der Schläfe, bevor ein Strahlen ihr runzliges Gesicht erhellte.

»Also, kommen sehen hab ich sie nicht, nur forteilen. Es war so gegen achtzehn Uhr dreißig, oder auch etwas später, wenn Sie verstehen was ich meine. Um diese Zeit geht sie dienstags immer zum Schwimmen, sofern ihr Dienstplan es erlaubt, und kommt meistens so gegen zweiundzwanzig Uhr dreißig zurück, wenn sie verstehen.«

»Die Schwimmhalle schließt doch aber um einundzwanzig Uhr ihre Pforten, oder liege ich da falsch?«, fragte der Polizist nach kurzer Überlegung seinen neben sich stehenden Kollegen.

»Sicher bin ich mir nicht, aber du könntest mit deiner Vermutung durchaus Recht haben«, antwortete er. »Meines Erachtens ist die Halle nur am Wochenende länger geöffnet, das weiß ich deshalb so genau, weil wir dann auch öfter mal zum Schwimmen fahren.«

»Das mag ja alles absolut richtig sein« ereiferte sich die alte Dame besserwisserisch. »Aber mir hat das Mädel mal erzählt, dass sie nach dem Schwimmen immer noch mit einigen anderen Frauen in die Gaststätte um die Ecke geht, auf ein Getränk sozusagen, was immer sie damit zum Ausdruck bringen wollte.«

Grüblerisch zog sie die Stirn in Falten.

»Meinen Sie denn, ihr ist was passiert?«

41

Einer bösen Ahnung folgend hielt sie sich plötzlich erschrocken die Hand vor den Mund und schaute fragend von einem zum anderen.

»Zu diesem Zeitpunkt lässt sich das noch nicht mit Bestimmtheit sagen, aber es sieht ganz danach aus, als wäre ihr etwas zugestoßen oder zumindest dazwischengekommen.«

Erleichtert, endlich auf den Kern der Unterhaltung gestoßen zu sein, verabschiedeten sich die beiden Polizeibeamten von Frau Brehme, um einen Blick in die Räumlichkeiten der Vermissten zu werfen.

Die Zwei-Zimmer-Wohnung machte einen aufgeräumten Eindruck, ein Hauch von Lavendel lag in der Luft.

An der Flurgarderobe hängte eine weiße Steppweste und daneben ein buntes Tuch.

Einige achtlos hingeworfene Kleidungsstücke zierten das scheinbar unberührte Bett.

Auf dem Herd in der Küche befand sich ein Topf mit Nudeln, die vom Vortag stammen könnten. Daneben eine halb geleerte Kaffeetasse.

Auch im Wohnzimmer und Bad deutete nichts auf einen überstürzten Aufbruch hin.

In der obersten Schublade des Schreibsekretärs lagen der Reisepass, der Personalausweis, sowie ein Sparbuch von Nele Homberg.

»Tja, es sieht wohl ganz danach aus, als wäre Frau Homberg ihrer Wohnung nicht freiwillig ferngeblieben.«

Der ältere der beiden Beamten machte sich ein paar Notizen in sein Heft, während der andere noch einen letzten Blick auf den Balkon warf.

»Hier sieht auch alles ziemlich normal aus, keine Auffälligkeiten, keine Anzeichen auf einen Kampf oder dergleichen. Sie scheint das Haus wie üblich verlassen zu haben und dann muss ihr unterwegs vermutlich etwas zugestoßen sein.«

Nachdem sie die Wohnungstür ordnungsgemäß verschlossen hatten, begaben sich die Beamten wieder zurück zu ihrem Streifenwagen, um das Ergebnis ihres Einsatzes der Zentrale über Funk mitzuteilen.

**

Irgendwann in der Nacht war Nele vor Erschöpfung eingeschlafen. Unruhig wälzte sie sich von einer Seite auf die andere. Albträume und Schmerzen am ganzen Körper quälten sie.

Immer wieder schreckte sie aus dem Kurzschlaf hoch und lauschte angespannt jedem noch so kleinen Geräusch. Ständig in der Ungewissheit und Angst lebend, ihr Peiniger könne gleich auftauchen und ihr erneutes Leid zufügen. Als der Druck der Blase unerträglich wurde, überwand sie ihre Scham und benutze den unter dem Waschbecken deponierten Eimer zum Urinieren.

In Gedanken weilte die junge Frau bei ihren Eltern. Sie sah sich als kleines Mädchen von etwa fünf Jahren weinend auf Papas Arm. Es war ein herrlicher Sommertag gewesen, an dem sie zusammen mit Papa, Mama und ihrem älteren Bruder einen ganzen Tag im nahegelegenen Tierpark verbracht hatten. Stolz schob sie ihren Puppenwagen vor sich her und übersah dabei eine Baumwurzel. Der Länge nach war sie hingefallen und hatte ihr hübsches weißes Kleid und die neuen Kniestrümpfe beschmutzt. Von einem Weinkrampf geschüttelt, nahm Papa seine Prinzessin auf den Arm, um sie zu trösten. Nebenbei versicherte er ihr, man könne zu Hause alles in die Waschmaschine stecken und so lange waschen, bis es wieder genau so weiß wäre wie zuvor. Schnell waren die Tränen getrocknet, weil sie wusste, dass er wie so häufig Recht behalten würde.

Vielleicht werde ich meine Eltern und meinen Bruder nie mehr wiedersehen. Mama, Papa, Ben, ich habe euch so lieb und werde euch nie vergessen, das verspreche ich von ganzem Herzen.

Die Decke bis an den Hals hochgezogen, fror sie noch immer. Der Raum war eiskalt und es gab weder einen Heizkörper noch einen Ofen in ihrem Verlies.

Es ist tatsächlich wie in einem Gefängnis, aber mit dem Unterschied, dass man dort wenigstens einigermaßen gut behandelt und nicht misshandelt wird. Was habe ich nur verbrochen, dass ich hier sein muss? Ist es Zufall, dass er ausgerechnet mich verschleppt hat?

Möglichst unauffällig suchte sie die Wände und Zimmerdecke nach installierten Kameras ab, fand aber nichts, was auch nur andeutungsweise so aussah. Vorsichtig massierte sie ihre Handgelenke, die durch das Einschneiden der Fesseln bereits blau angelaufen waren.

Plötzlich ahnte sie, dass die Entführung von langer Hand geplant sein musste.

Das Zimmer ist für Besuch hergerichtet, für einen Gast der ganz besonderen Art, für einen Dauergast.

In ihrem Kopf überschlugen sich die Gedanken und aus der anfänglichen Ahnung wurde Gewissheit.

Ich bin die Auserwählte, ich und keine andere.

Weinend schlang sie unter der Decke die Arme um ihre Beine. Nebelschwaden zogen vor ihrem geistigen Auge vorüber und kündigten eine erlösende Ohnmacht an.

Am Tag nach der Entführung saß die Alte zusammen mit ihrem Sohn am Küchentisch und lachte hämisch, bevor sie sich zu ihm herüber beugte.

»Du darfst unseren Gast jetzt begrüßen und dir ein wenig den Morgen versüßen.«

Grinsend sprang er vom Stuhl auf, leckte genüsslich die Marmelade vom Messer ab und wischte die Klinge anschließend an der schmuddeligen Jogginghose sauber.

»Vorher wäschst du dir aber noch die Pfoten und kämmst dir die Haare, damit die Kleine nicht gleich einen Schreck bekommt, wenn sie dich sieht.«

Ihr schallendes Gelächter übertönte sein lautes Rülpsen. Der rosafarbige Bademantel wies über der Brust alte Kaffeeflecken auf, die sie jetzt mit abgelecktem Daumen und Zeigefinger zu entfernen versuchte.

Die halblangen grauen Haare hatte sie hinten mit einem Gummiband zusammengebunden, trotzdem wedelte beim Sprechen eine fettige Strähne vor ihrer Nase hektisch hin und her.

Zum Frühstück hatte sie wie immer drei aufgebackene Brötchen vertilgt und zwei Becher Kaffee dazu geschlürft. Allmählich stellte sich das Sättigungsgefühl ein und beeinflusste ihre Laune wohlwollend, zumindest vorübergehend.

Das einst ovale Gesicht war im Laufe der Jahre in die Breite gegangen und ebenso aufgedunsen wie ihr Körper. Gewicht und Kinn wirkten sich durch die

Verdopplung oftmals negativ auf ihre Gemütsverfassung aus.

An manchen Tagen verwöhnte sie ihren Sohn mit gutem Essen und bester Stimmung, doch meistens wechselte ihre Heiterkeit von einer Sekunde zur anderen in das Gegenteil um.

Aus den Augenwinkeln heraus betrachtete sie ihn, wie er sich an der Spüle die Hände wusch und seine Haare kämmte. Sein hochgewachsener Körper war kräftig und stattlich wie einst der seines Vaters im gleichen Alter von dreißig Jahren. Und er war genau so aufbrausend wie sein Erzeuger.

Wenn der Alte Alkohol getrunken hatte, konnte er zur Bestie werden. Dann schlug er nicht nur sie, sondern auch den Sohn grün und blau. Wie oft mussten sich Mutter und Kind vor ihm verstecken, wenn er besoffen aus der Kneipe kam.

Doch eines Tages war der Mistkerl zu weit gegangen. Der Junge war gerade zehn Jahre alt gewesen, als das betrunkene Schwein nach Hause getorkelt kam und seinen Jähzorn an den beiden auslassen wollte.

Diesmal war Bettina darauf vorbereitet, um den lang gehegten Plan endlich in die Tat umsetzen zu können. Sie hatte ihn gelockt, getäuscht und letztendlich getötet.

Wie immer wollte er vor dem Sex noch einen schmackhaften Happen zu sich nehmen, bevor er über sein Weib herfiel. Aber diesmal kochte sie ihm wohlweislich sein Lieblingsessen um sicher zu gehen, dass er es auch ganz gewiss aufaß.

Scharf gewürzt, war ihm die ordentliche Portion Tollkirsche gar nicht aufgefallen. Wie so oft nörgelte er dennoch am Essen herum und beschimpfte Frau und Kind der Unfähigkeit in jeglicher Hinsicht.

Wieder hatte er den Jungen grundlos geohrfeigt und ihm klargemacht, eine Schlampe zur Mutter zu haben die es mit jedem trieb.

Dann jagte er den Bengel aus der Küche zum Schlafen in die Scheune und glotzte seiner Alten während der Mahlzeit nur noch begierig auf den Arsch.

Heute würde sie sich nicht wehren, sondern ihn so richtig heiß machen, damit er nicht merkte wie sie auf Nummer sicher ging und ihm noch einige von seinen Herztabletten in die geöffnete Bierflasche schmiss.

Noch während der Mahlzeit griff er sich plötzlich an die Kehle und begann zu röcheln. Erfreut stellte sie fest, dass er unter Atemnot zu leiden schien. Eiskalt drehte Bettina sich zu ihm um und beobachtete nahezu genussvoll seinen Todeskampf.

Erst als sie sicher sein konnte, dass er nicht mehr lebte, wischte sie ihm den Schaum vom Mund und rief den Hausarzt an. Der alte Mediziner wusste von Ottmars schwachen Herzen und seinem Alkoholproblem, oft genug hatte er ihn diesbezüglich gewarnt. Deshalb stellte er bedenkenlos den Totenschein auf Herzversagen aus und bekundete der trauernden Witwe sein Beileid.

Anhand einer geschälten Zwiebel fiel es Bettina nicht schwer, sich ein paar Tränen abzuringen. Im Gegensatz zu ihr litt der Junge noch lange unter den Folgen der unglücklichen Todesumstände seines Vaters.

Wie hätte sie auch ahnen können, dass er sich ausnahmsweise dem Befehl seines Vaters widersetzt hatte und nicht in die Scheune gegangen war, sondern durch die angelehnte Küchentür seinen Todeskampf mitbekam.

Seither schien sein Verhalten alles andere als typisch für einen Zehnjährigen zu sein. Nach außen hin völlig normal erscheinend, entdeckte sie im Laufe der Zeit sadistische Neigungen an ihm.

Mit Vorliebe quälte er Tiere und wenn möglich auch kleine Kinder.

Manchmal hegte sie den Verdacht, dass er eigentlich sie mit seinen Schikanen meinte, sich aber nicht getraute sie tätlich anzugreifen. Dennoch liebte sie ihn abgöttisch und verzieh ihm diese kleinen Aussetzer, wo er doch eigentlich ein guter Junge war und seine Boshaftigkeiten sich im Laufe der Jahre wohl noch verwachsen würden.

Verbittert wurde sie erst in den Jahren danach, als nichts mehr richtig lief. Auch wenn der Alte das Zeitliche gesegnet hatte, stellte sich keine Zufriedenheit ein. Um ihn endgültig aus ihrem Gedächtnis zu verdrängen, hatte sie sogar ihren Mädchennamen wieder angenommen.

Sie war neidisch auf jeden, dem es besser ging als ihr und das machte sie zu einer gehässigen Frau, mit der keiner etwas zu tun haben wollte.

Seither lebten sie und ihr Sohn abgeschieden in der Einöde, wo sich Fuchs und Hase grüßen.

An schlechten Tagen machte Bettina Marz ihren einzigen Sohn verantwortlich für dieses Dilemma und ließ ihn dann auch spüren, welch dämlicher Idiot er doch eigentlich war.

Skeptisch beobachtete sie, wie er sich geschniegelt und gestriegelt großzügig Deo unter die Achseln und zwischen die Lenden sprühte, um für das bevorstehende Rendezvous gewappnet zu sein.

Noch einmal grinste er zufrieden sein Spiegelbild an und rieb sich in freudiger Erwartung die Hände. Von einem Wandhaken nahm er seinen Mundschutz, streifte ihn über und band ihn am Hinterkopf zu. Dann schlich er in den Keller, um den Besuch zu überraschen.

***

Nele saß auf dem Bett, als sie etwas an der Tür hantieren hörte. Mit geschärften Sinnen registrierte sie mittlerweile jedes noch so leise Geräusch. Ihre Augen flackerten unruhig hin und her auf der Suche nach einem Gegenstand, mit dem sie sich zur Wehr setzen konnte.

In diesem Raum war nichts was einer Waffe gleichkam. Sie fürchtete sich vor dem zu Erwartenden und die innere Anspannung bescherte ihr ein zusätzliches Problem.

Mit beiden Händen umfasste sie den Bettpfosten, so als könne er sie beschützen. Das einzige was ihr zur Verteidigung hätte dienen können, befand sich an ihrem rechten Fuß, die Eisenkette.

Nervös blickte sie zur Tür, als diese auch schon geöffnet wurde und ihr Peiniger den Raum betrat. Der Geruch von billigem After Shave oder Deo stieg ihr in die Nase.

Als der Mann auf das Bett zuging, ließ Nele den Bettpfosten los und rutschte auf dem Gesäß rückwärts in die äußerste Ecke des Bettes. Die Decke wie einen

Schutzschild vor sich haltend, war sie bemüht, sich so klein wie möglich zu machen, am besten unsichtbar zu werden.

Ihr Puls raste und Panik schnürte ihr die Kehle zu.

Ich kenne ihn, aber woher? Seine Stimme, ich habe sie schon mal gehört.

»Na, meine Süße, hast du dich inzwischen ein bisschen eingelebt?«

Schritt für Schritt näherte er sich dem Bett. »Was hältst du von ein bisschen Spaß zu zweit?«

Er schnippte mit den Fingern und zwinkerte ihr zu, als wäre er zu Scherzen aufgelegt.

Die Maske verdeckte Mund und Nase, nicht aber den Rest. Misstrauisch beobachtete sie jede seiner scheinbar ruhigen Bewegungen.

Wie ein Löwe schlich er lauernd vor dem Bett hin und her, um sich plötzlich mit einem Satz darauf zu werfen, ihr die Decke aus den Händen zu reißen und diese auf den Boden zu schmeißen.

Er sah die Angst in ihren Augen und weidete sich daran. Ein unbändiges Gefühl von Macht überkam ihn ebenso wie das der Geilheit. Während Nele auf dem Bett panisch von einer Ecke in die andere kroch, zog er sich genüsslich die Hose runter.

»Komm her, du kleine Hure. Los, komm schon. Ein Blowjob ist doch drin. Das gefällt dir doch.«

Nele versuchte winselnd unter das Bett zu kriechen, doch er packte sie brutal an den Haaren und zog sie zu sich heran. Hastig fesselte er ihre Hände auf dem Rücken und presste ihr Gesicht gegen seine Genitalien.

»Nun mach endlich, du Schlampe, ich hab nicht den ganzen Tag Zeit. Und lass dir bloß nicht einfallen mich zu beißen.«

Sie wollte sich nach hinten fallen lassen, um seinem Griff zu entgehen, doch blitzschnell schnappte er ihren Kopf und drückte ihn gegen sein erigiertes Glied.

Wie in einer Schraubzwinge saß sie fest, unfähig sich auch nur einen Zentimeter zu bewegen. Ihr Mund öffnete sich automatisch. Um Luft zu holen und um zu schreien.

Ohnmächtig vor Schmerz und Scham hielt sie still und ließ das perverse Spiel über sich ergehen. Der Ekel ließ sie ununterbrochen würgen, doch das Schwein ließ erst von ihr ab, als es fertig war.

»Das war erst der Anfang, du Schlampe. Nachher geht es weiter, aber andersherum. Kannst dich schon mal darauf einstellen.«

Höhnisch lachend zog er sich die Hose wieder hoch.

»Eigentlich hast du dir ja kein Frühstück verdient, aber ich will mal nicht so sein und bringe dir gleich eine Kleinigkeit.«

Bevor er ging, schob er sich die Ärmel seines Pullovers hoch. »Und danach machst du dich hübsch für Mutter. Zieh was aus dem Karton unter dem Bett an, das wird ihr gefallen.«

Nele schaffte es gerade noch zum Waschbecken, um sich dort mehrmals hintereinander zu übergeben.

Durch die gefesselten Hände war sie nicht in der Lage, ihre im Gesicht hängenden Haare zu beseitigen. Mit den Zähnen versuchte sie den Wasserhahn zu öffnen, schaffte es aber auch nach mehreren Anläufen nicht.

Missbraucht, gedemütigt und erniedrigt schleppte sich Nele schluchzend zurück zum Bett, der einzigen Zufluchtsstätte. Ihr war klar, dass er wiederkommen würde, wann immer er Lust verspürte.

Es gab keinen Rückzugsort, nicht eine einzige Stelle in diesem gottverdammten Raum, wohin sie vor ihm entfliehen konnte.

Die Tür knarrte und gewährte einen Blick auf eine Tasse und einen Teller, die jemand vor sich hertrug.

Wieder war es ihr Peiniger der den Raum betrat und das Geschirr auf dem Tisch abstellte.

Argwöhnisch verfolgte Nele sein Handeln aus der hintersten Ecke des Bettes, in die sie sich verschanzt hatte. Mit angezogenen Beinen verharrte sie dort in geduckter Haltung, als würde sie dadurch unsichtbar werden.

Er machte einen besänftigten, beruhigten Eindruck. Sie beäugte ihn, wie er beinahe liebevoll eine weiße Serviette ausbreitete und ein trockenes Brötchen aus einer Papiertüte nahm, um es auf den Teller zu legen.

Seine Laune war eine völlig andere, als noch vor wenigen Minuten. Es schien, als würde momentan keine allzu große Gefahr von ihm ausgehen.

Ich muss auf der Hut sein. Er will dich täuschen, spielt dir etwas vor, um dich erst in Sicherheit zu wiegen und dann erneut zuzuschlagen. Ein solch perverses Monster ist zu jeder Schandtat bereit.

Er summte eine Melodie, als er sich langsam dem Bett näherte. Dabei streckte er seine Hände beschwichtigend nach vorn aus.

»Wenn du willst, nehme ich dir die Fesseln ab, damit du etwas essen und trinken kannst.«

Als er sich zu ihr herunter beugte, sah sie für einen Augenblick seine Augen oberhalb der Maske.

Sie waren stahlgrau und wirkten ausdruckslos. Daran änderten auch die ungewöhnlich langen Wimpern nichts. Beinahe liebevoll entfernte er die Stricke an ihren Handgelenken, bevor er sie fragte: »Willst du am Tisch essen oder lieber hier im Bett?«

Nele blieb ganz still sitzen, nickte aber leicht mit dem Kopf, ohne ihn dabei aus den Augen zu lassen. Sie traute dem Frieden nicht.

»Gut, dann stell ich dir dein Frühstück hierher.«

Er drehte sich um, griff nach dem Teller und platzierte ihn unmittelbar vor Nele auf dem Bett. Danach nahm er die Tasse und hielt sie ihr direkt unter die Nase.

Nur zögerlich nahm Nele das Getränk in Empfang und hielt es mit beiden Händen fest umklammert.

Ohne ein Wort zu sagen blickte sie starr vor sich hin, bis er den Raum verlassen hatte.

Eine Zeitlang lauschte sie angestrengt um sicherzugehen, dass er auch wirklich gegangen war.

Vorsichtig rutschte sie vom Bett herunter, stellte die Tasse auf den Tisch und humpelte erneut zum Waschbecken. Mit der freien Hand ließ sich der Wasserhahn weit genug aufdrehen, um das kalte Wasser über ihr Gesicht laufen zu lassen.

Mit geschlossenen Augen gelang es ihr, sich dem Moment der Erfrischung hinzugeben und in einen wunderbaren Traum fallen zu lassen. Eine ungeahnte Welle der Kraft durchflutete dabei ihren Körper, Tränen vermischten sich mit dem flüssigen Nass und bildeten eine Einheit.

In Gedanken versunken, befand sie sich in einem Schwimmbad, hatte mehrere Stunden in der prallen Sonne gelegen und stand nun unter der kalten Dusche, um den erhitzten Körper zu erfrischen.

Ah, das tut gut, welch göttliches Erlebnis, wie es prickelt, wenn das frische Wasser die heiße Haut berührt und kühlt. So könnte es immer weitergehen und dürfte niemals aufhören.

Ein Geräusch riss sie zurück aus den seligen Phantasien, die ihr wenige Augenblicke lang eine heile Welt vorgaukeln konnten.

Aus den Augenwinkeln sah sie den Perversen lauernd im Türrahmen stehen. Unwillkürlich zuckte sie zusammen.

»Mutter erwartet deinen Besuch, also zieh dich endlich um. Ich gebe dir noch fünf Minuten Zeit, dann musst du fertig sein.«

Bevor die Tür wieder hinter ihm ins Schloss fiel, deutete er mit der ausgestreckten Hand auf den Karton unterm Bett: »Sie will, dass du dich verkleidest, also tu ihr den Gefallen.«

In ängstlicher Erwartung zwängte Nele sich unter das Bett, um an den Karton zu gelangen. Er war ziemlich schwer und ließ sich nur mühsam von der Stelle bewegen. Es dauerte eine Ewigkeit, bis sie ihn hervorgezogen hatte.

Stöhnend erhob sie sich vom Fußboden und öffnete den staubigen Deckel. Gleich obenauf lag ein kleinerer

Karton, prall gefüllt mit Halsbändern aus Leder, deren Oberflächen mit Nieten und Stacheln versehen waren.

Angewidert schüttelte Nele den Kopf und schob das Behältnis schnell beiseite, um sich wieder dem großen Karton zu widmen, er enthielt allerlei Kleider und Hüte in den unterschiedlichsten Farben und Stoffen.

Pastellfarbene Chiffonkleider mit den passenden Accessoires stachen ihr ebenso ins Auge wie kunterbunte Tüllröcke und bunte Blusen. Mützen aus Strick und Hüte von Filz, mit und ohne Federn oder Blumen. Nicht zu vergessen die farblich abgestimmten, dazugehörigen Schleier und Haarbänder, ohne die ein Kostüm unvollkommen wäre.

Beim ersten Anblick dieser Kleidungsstücke hatte Nele noch gelächelt, weil sie an jene Zeit erinnert wurde, als sie gemeinsam mit ihren Klassenkameraden während der Schulzeit zu Weihnachten ein wirklich wundervolles Weihnachtsmärchen aufgeführt hatten. Es hieß *Das Mädchen mit den Kerzen* und war eine eigene Version der Schüler, die nicht mit dem Tod des kleinen Mädchens enden sollte, sondern einen positiven Ausgang haben würde.

Doch was um alles in der Welt sollte die Verkleidung hier und heute darstellen? Es ergab einfach keinen Sinn. Aber war nicht alles seit gestern Geschehene völlig ohne Sinn und Verstand?

Zögerlich griff sie nach einem hellblauen, langen Tüllkleid, das durch seine Schlichtheit bestach. Darunter lag eine kurze Strickjacke in der gleichen Farbe, die sie aufgrund der Kälte überziehen wollte, um nicht so zu frieren.

Hastig entledigte sie sich ihrer eigenen Jacke, zog den Pullover aus und streifte das Kleid über. Es passte wie angegossen, so als wäre es für sie gemacht. Auch die Jacke saß perfekt. Mit fahrigen Bewegungen band sie die am Kragen angebrachten Bänder zu einer Schleife.

Wem mögen diese Kleidungsstücke nur gehören? Es kann doch nicht sein, dass man sie extra für mich angeschafft hat, oder doch?

Ein Windzug ließ sie herumwirbeln. Die gierigen Blicke ihres Peinigers ließen sie zurückweichen. Doch entgegen aller Befürchtungen, er sei gekommen um sie erneut zu vergewaltigen, holte er aus der Hosentasche einen Schlüssel hervor und öffnete ihre Fußfessel.

»Die Hose muss runter, sonst kommt das Kostüm nicht richtig zur Geltung«, wetterte er und wickelte sich die stählerne Kette um die Hand.

»Wenn Mutter dich so unfertig sieht, wird sie echt sauer, weil es Stilbruch ist.«

Ungehalten beobachtete er, wie sie sich nur zögerlich vor ihm entkleidete und ihn dabei nicht aus den Augen ließ.

»Hoffentlich beeilst du dich mal ein bisschen, das dauert mir alles viel zu lange, du blöde Kuh. Los, los, los!«

Wütend ließ er die Kette auf das Bett krachen.

»Nein, bitte nicht!«, schrie Nele erschrocken auf und zerrte an den Hosenbeinen, die nicht über die Schuhe rutschen wollten. »Ich bin doch gleich fertig«, fügte sie hastig hinzu und überwand mit zitternden Fingern und einem knackenden Geräusch endlich die letzten

Zentimeter des Absatzes, den der Stoff nicht freiwillig herzugeben gedachte.

Trotz ihrer Bemühungen packte er sie grob am Arm und schubste sie vor sich her durch die Tür zur Treppe hinauf, wobei Nele aufgrund des langen Kleides ins Straucheln geriet und der Länge nach zu Boden stürzte.

»Los, los, weiter!«, befahl er und zerrte sie unsanft wieder hoch. »Mutter kann nämlich ziemlich zickig werden, wenn man sich nicht an die vorgegebene Zeit hält. Wir sind ohnehin schon zu spät dran und das mag sie ganz und gar nicht. Wirst schon sehen was du davon hast.«

***

Bettina Marz saß im Lehnstuhl und wartete auf das Eintreffen ihres Gastes.

Ihre Beine ruhten auf einem davor befindlichen Schemel. Erwartungsvoll glotzte sie Richtung Tür, durch welche Nele herein gestoßen wurde. Mit einem einzigen Blick erfasste sie deren äußeres Erscheinungsbild und runzelte beleidigt die Stirn. Gleichzeitig trommelte sie ärgerlich mit den Fingern auf den Armlehnen herum.

»Das soll Schneewittchen sein?!«, empörte sie sich und wollte von ihrem Sessel aufzuspringen. »Da fehlt ja noch das Diadem und der Halsschmuck. Los, los, hole unverzüglich das passende Geschmeide, sonst muss ich ihn ebenfalls bestrafen.«

Zur Bekräftigung ihrer Worte klatschte sie in ihre feisten Hände, die aus den Ärmeln eines weiten Kaftans hervor lugten.

Nele erschauerte beim Anblick des Raumes, den kein Tageslicht erhellte, sondern der lediglich von zwei Wandlampen dürftig beleuchtet wurde. Die schweren, bodenlangen Brokatvorhänge, hinter denen sie Fenster vermutete, waren zugezogen.

Ihr gegenüber etwa in der Mitte des Zimmers stand ein alter Ohrensessel, auf dem die Mutter des Peinigers thronte.

Dahinter an der Wand hing das überdimensionale Foto einer jungen Frau, deren lange blonde Haare zu einem seitlichen Zopf geflochten waren. Sie trug ein helles Tüllkleid das Nele an jenes erinnerte, welches ihren eigenen Körper derzeit gezwungenermaßen zierte.

Das Gesicht der scheu wirkenden Frau wurde von einer tiefgehenden Traurigkeit überschattet, die Nele trotz der dämmrigen Beleuchtung sogleich erkannte und die ihr Herz berührte.

Links neben der Alten befand sich ein Klavier, auf dem eine Kerze brannte, davor ein Hocker.

Nahe der Tür stand auf dem Boden eine längliche Kiste, die einem Totenschrein gleichkam. Das Zimmer wirkte gleichermaßen gespenstisch und geheimnisvoll.

Nele fröstelte bei der Erkenntnis, sich in diesem schauerlich anmutenden Raum zusammen mit zwei Verrückten aufhalten zu müssen. Die Örtlichkeit erinnerte an die Bühne eines Gruseltheaters und vermittelte der jungen Frau das ungute Gefühl, eine der Darstellerinnen zu sein.

Wie gelähmt verharrte sie in ihrer Bewegung und ließ sich anstandslos die rasselnde Kette anlegen, welche der Unhold unter dem Vorgang hervorgeholt hatte.

Für einen Moment schloss Nele ihre Augen in der Hoffnung, dass der Albtraum auf diese Weise schneller zu Ende gehen würde.

»Reg dich nicht gleich wieder auf«, beschwichtigte der Sohn seine Mutter und gab glucksende Laute von sich. »Habe alles dabei, damit sie perfekt aussieht.«

Ungestüm drückte er Nele einen Haarreifen auf den Kopf und legte ihr anschließend eine Perlenkette um den Hals.

»Spiegelein, Spiegelein an der Wand, wer ist die Schönste im ganzen Land?«, tönte es aus dem Mund der Alten, die von der Fertigstellung ihrer Märchenfigur begeistert war und dies durch ungestümes Händeklatschen bekundete. Doch schon nach wenigen Augenblicken schüttelte sie erneut ungehalten den Kopf und begann laut und vernehmlich zu zetern. »Hat er denn eigentlich gar keinen Verstand, dass er es wagt, mir eine Figur aus der Geisterbahn zu präsentieren? Wie oft hat man ihm schon ausführliche Anweisungen erteilt und trotzdem widersetzt er sich den Anordnungen seiner Obrigkeit!«

Wütend schlug sie mit ihrem Stock auf den Hocker ein, während Nele ängstlich zusammenzuckte und automatisch den Kopf zwischen den Schultern einzog.

»Los, los, los, schminke er sie, damit die Schwellungen nicht so auffallen und die Intendantin sich nicht fürchten muss und vergesse er das Kämmen nicht, hopp, hopp, hopp.«

Um ihrem Befehl Nachdruck zu verleihen, wedelte sie heftig mit der Hand und beobachtete mit bebenden Brüsten seine rasche Vorgehensweise.

Flink wie ein Wiesel huschte er in eine Ecke des Raumes, um die erforderlichen Utensilien zu besorgen und sie an die Frau zu bringen. Beinahe liebevoll schmierte er der reglos dastehenden Nele Make-up ins Gesicht. Allein die Berührung verursachte ihr Schmerzen und ließ sie aufschreien. Erstaunt hielt der vor ihr stehende Mann kurz inne und blickte sein Gegenüber mit zusammengekniffenen Augen an.

»Stell dich nicht so an, es muss sein.«

»Los, los, los!«, keifte die Alte und ließ den Stock donnernd auf den Hocker krachen. »Vergesse er ja nicht ihr den Lippenstift aufzulegen, sonst ist das Püppchen unvollkommen und für die Vorstellung nicht geeignet!«

»Ja, ja, Mutter, ich beeile mich ja schon, aber alles braucht seine Zeit.«

Mit einem Kamm strich er Nele sorgfältig durch die langen schwarzen Haare und umkreiste dabei ihren Körper. Wie eine Puppe stand die junge Frau inmitten des dürftig beleuchteten Raumes, auf einer historisch anmutenden Bühne im Rampenlicht und ließ sich von ihrem Peiniger für ein Theaterstück herrichten.

Geschwind folgte er den Kommandos seiner Mutter, die sich ständig einzumischen verstand und deren Laune innerhalb weniger Sekunden mehr als nur einmal ins Gegenteil umschlug.

Um Himmels willen. Wo bin ich hier bloß gelandet? Was sind das für irre Menschen und welch makaberes Spiel wird hier eigentlich gespielt? Wann endlich hört dieser Horror auf? Ich halte diesen Zustand nicht mehr lange aus.

Ihre Gedanken schlugen Purzelbäume und ließen keinen Raum für Vernunft und Logik, sondern verliefen ein weiteres Mal in einer erdrückenden, aussichtslosen Beklemmung. Das Bellen eines Hundes riss sie aus ihrer Lethargie zurück in die Gegenwart und ließ sie aufhorchen.

Oh, das hört sich so an, als würden die beiden einen Hund haben, dann sind sie vielleicht doch nicht so schlecht wie ich bislang dachte und lassen mich bald wieder frei, denn wer Tiere liebt, ist doch ein guter Mensch, oder?

»Wer bist du, Weibsbild?«, fragte die Alte fordernd.

»Bitte, bitte lassen Sie mich gehen, ich habe Ihnen doch nichts getan«, bettelte Nele und fiel auf die Knie. Tränen schossen ihr in die Augen und ließen sie die alte Frau wie durch einen Schleier sehen.

»Wie ist dein Name? Ich will wissen wie du heißt!«, schrie die Alte unwirsch und spie Gift und Galle.

»Nele, mein Name ist Nele, Nele Homberg!«, rief sie mit vibrierender Stimme und faltete die Hände flehentlich vor der Brust zusammen. »Bitte, lassen Sie mich jetzt wieder nach Hause gehen.«

»Nach Hause, nach Hause«, krächzte die Alte spöttisch. »Das hier ist ab sofort dein Heim. Musst dich nur erst ein bisschen eingewöhnen, dann wird's dir schon noch gefallen.«

Ihre fleischigen Finger trommelten besorgniserregend auf der Stuhllehne herum, bevor sie sich eines besseren besann und ihren fettleibigen Körper aus dem Sitz hochhievte.

Der unstete Blick verhieß nichts Gutes, während sie keuchend auf Nele zu humpelte und ihr den Stock unter die Nase hielt, um entgegen der erwarteten Schimpftirade nur säuselnde Laute von sich zu geben.

»Unser kleines Schneewittchen muss nur machen was die liebe Tante sagt und schon wird es ein angenehmes Leben bei uns haben.«

Noch ehe Nele aufbegehren konnte, sprach die Alte weiter, allerdings mit einem drohenden Unterton. »Aber nur dann!«, wetterte sie und unterstrich ihre Aussage mit einem heftigen Stockschlag auf Neles Schulter.

»Sollte sich unser Gast jedoch weigern den Befehlen der Obrigkeit zu gehorchen, dann wird die liebe Tante Bettina ganz furchtbar böse werden und dem süßen Schneewittchen schreckliche Schmerzen zufügen müssen.«

Ein derber Hieb traf Nele am Kopf und ließ sie aufschreien.

»Ja, ja, ja«, beeilte sie sich zu sagen. »Ich werde mein Bestes geben und Ihren Wünschen so gut es geht nachkommen, aber lassen Sie mich dann bitte auch wieder gehen?« Beinahe ehrfürchtig blickte Nele zu der Alten auf, deren schallendes Gelächter noch lange in ihren Ohren nachhallte.

»Irgendwann?«, flüsterte sie, um sich wenigstens einen Funken Hoffnung zu bewahren.

»Kommt Zeit, kommt Rat«, antwortete die Alte tiefsinnig.

»Aber erst einmal muss das böse Schneewittchen für sein ungehöriges Verhalten eine angemessene Strafe erhalten, damit es seiner Meisterin künftig mit Respekt gegenübertritt und sich keine Unverschämtheiten mehr herauszunehmen wagt. Und es kann noch froh sein, dass Tante Bettina heute ihren humanen Tag hat und zu Späßen aufgelegt ist.«

Grunzend hob sie mit der Stockspitze Neles Kinn an und blickte sie aus eiskalten Augen an. »Zwei Stunden sollten zum Probeliegen ausreichen. Während dieser Zeit will die liebe Tante nicht einen einzigen Mucks von ihrem Gast hören, sonst wird sie sehr, sehr ärgerlich.« Und zu ihrem Sohn gewandt zischte sie: »Reiche er das Obst herüber«.

Eingeschüchtert und irritiert bemerkte Nele die beiden Äpfel in den Händen der Alten, von denen sie für den Bruchteil einer Sekunde glaubte, man wolle ihr etwas Gutes tun.

»Sie wird ein braves Schneewittchen sein und erst noch einen Apfel essen, bevor sie zu Bett geht. Es stehen ihr zwei zur freien Auswahl, aber nur einer von denen ist genießbar, der andere vergiftet. Für welchen sie sich entscheidet ist einzig und allein ihre Sache, aber sie hat nur eine Minute Zeit sich das genau zu überlegen. Welchen will sie sich einverleiben, den Roten oder den Grünen?«

In Lauerstellung warteten Mutter und Sohn sichtlich gespannt auf Schneewittchens Verkündung.

Vormittags auf dem Kommissariat wurde der recht junge Kriminaloberkommissar Maurice Abel mit dem Fall der vermissten Nele Homberg betraut. Normalerweise erfolgt bei volljährigen Personen lediglich eine Ausschreibung zur Aufenthaltsermittlung, da sie ihren Aufenthaltsort selbst bestimmen können. Doch sobald ein begründeter Verdacht auf eine Straftat vorliegt, besteht öffentliches Interesse und die Angelegenheit wird dem zuständigen Fachkommissariat übergeben.

Gemeinsam mit seinem älteren Kollegen Gerhard Brenner, sowie den Beamten des Erkennungsdienstes hatte Abel die ersten Fakten am mutmaßlichen Tatort zusammengetragen, versuchte das Handy der Vermissten zu orten und begann nun mit seiner Ermittlungsarbeit, indem er die Kolleginnen und Kollegen der Vermissten anhörte.

Während einer ersten Befragung im Krankenhaus hatte das komplette Pflegepersonal unabhängig voneinander angegeben, Nele am Tag ihres spurlosen Verschwindens zum letzten Mal gesehen zu haben.

Heute waren drei der Krankenschwestern auf die Dienststelle vorgeladen, um sich einer Zeugenaussage zu unterziehen.

Schwester Edith, die zusammen mit Nele auf derselben Station arbeitete, wusste nur wenig über deren Privatleben zu berichten. Nach einer gescheiterten Beziehung sei sie vor drei Jahren von Ostdeutschland nach Schleswig-Holstein ins beschauliche Süderbrerap gezogen, um hier noch einmal ganz von vorn zu beginnen. Ihre Eltern und ihr Bruder lebten weiterhin im Osten Deutschlands und pflegten zu Nele einen guten Kontakt.

Edith beschrieb ihre Kollegin als zurückhaltend, freundlich und zuverlässig. Gelegentlich seien sie auch schon das eine oder andere Mal zusammen ins Kino gegangen, aber eben nur hin und wieder, da Edith aufgrund ihres Lebensgefährten und der stressigen Schichtarbeit über nicht allzu viel Freizeit verfüge.

Am Tag ihres Verschwindens seien sie nach dem Frühdienst noch gemeinsam bis zur Bushaltestelle gelaufen. Das sei das letzte Mal gewesen, dass sie Nele zu Gesicht bekommen habe.

Bei der nächsten Zeugin handelte es sich um eine junge Pförtnerin des Krankenhauses, die an besagtem Mittag gerade ihren Dienst antrat, als Nele mit Edith vorbeiging.

Ihr Name lautete Silja Näckel. Doch entgegen aller Erwartungen wusste auch sie nichts Näheres über Neles Verbleib zu berichten. Ihr sei lediglich zu Ohren gekommen, dass der neue Hausmeister ein Auge auf die schwarzhaarige Krankenschwester geworfen haben soll. Dieses Wissen basiere allerdings nur auf einem Gerücht, dessen Wahrheitsgehalt bei einer Wahrscheinlichkeit von fünfzig Prozent anzusiedeln war. Kurz vor Ende ihrer Befragung meinte sie noch über den Hausmeister:

»Das ist aber auch ein Süßer, unser Hausmeister. Den würde ich ganz bestimmt nicht von der Bettkante schubsen«, griente sie verschmitzt und zwinkerte dem Kommissar vielversprechend zu.

»Im Übrigen passen Sie ebenfalls recht gut in mein Beuteschema, Herr Kommissar.«

»Na, dann fasse ich das doch mal als Kompliment auf«, konterte Maurice Abel lachend. »Aber so leid es mir für Sie auch tut, ich bin bereits vergeben.«

»Ach, wie schade«, schmollte sie. »Und da lässt sich wirklich gar nichts machen?«

Bei diesen Worten schlug Silja Näckel die Beine übereinander, sodass ihre makellosen Oberschenkel unter dem kurzen Rock zum Vorschein kamen.

»Nein, nichts«, antwortete der Oberkommissar energisch und verabschiedete sich von der aufdringlichen Zeugin, indem er sich von seinem Platz erhob und sie kurzerhand zur Tür bugsierte.

Dritte und letzte im Bunde war Wibke Diwo, die Krankenschwester von der Nachbarstation, eine jener Schwimmerinnen, die sich dienstagabends anschließend noch auf ein Plauderstündchen in der benachbarten Kneipe um die Ecke trafen.

»Herr Kommissar, ich kann mich noch ganz genau erinnern, wie Nele gestern beim Abschied erwähnte, dass sie Kopfschmerzen habe und deshalb nicht mitkäme. Es hat sie auch keiner von uns gedrängt, denn man weiß ja, wie es einem bei einer nahenden Migräneattacke geht. Scheußlich, einfach nur scheußlich, habe selber genug damit zu kämpfen.«

Seufzend wartete sie vergeblich auf eine mitleidsvolle Reaktion des Beamten, der sie stattdessen neugierig ansah.

»Haben sie außer den besagten Schmerzen irgendeine Veränderung an ihrer Kollegin festgestellt, oder hat sie ihnen mitgeteilt wie sie gedenkt nach Hause zu kommen, etwa zu Fuß oder mit dem Auto?«

»Nele besitzt kein Auto, das weiß ich definitiv«, erwiderte Wibke Diwo und schüttelte ihre blonde Lockenmähne. »Meistens ist sie mit dem Bus gefahren, aber gestern sind wir etwas später als sonst aus der Halle gekommen. Wir haben mal wieder getrödelt. Wir haben zum Abschuss noch ein Selfie gemacht.«

Wibke Diwo kramte ihr Handy aus der Tasche und zeigte dem Kommissar das Foto. Er nickte.

»Da kann es durchaus möglich sein, dass der Stadtbus schon weg war. Wenn wir nach dem Schwimmen noch in die kleine Kneipe gegangen sind, hat unsere gemeinsame Bekannte Ute sie oftmals ein Stück weit mitgenommen, sofern sie mit dem Wagen da war.«

»Okay, dann war es das vorerst«, lächelte Maurice Abel und geleitete die Zeugin zur Tür. »Sollte ich noch Fragen haben, melde ich mich bei Ihnen.«

Nachdem die letzte Dame sein Büro verlassen hatte, rief der Kommissar noch einmal im Krankenhaus an, um den Namen des Hausmeisters zu erfragen. An der Anmeldung bat man ihn um einen Moment Geduld, bevor er die gewünschten Daten genannt bekam.

»Unser Hausmeister heißt Benjamin Casper, ist neunundzwanzig Jahre alt und ledig«, hörte er den Pförtner sagen.

»Prima, wenn Sie mir jetzt noch seine Adresse geben könnten, wäre ich für den Rest des Tages ein zufriedener Mensch«, witzelte der Kommissar.

»Hm, das tut mir außerordentlich leid, aber die Anschrift ist hier nicht vermerkt«, antwortete der Mann am Telefon. Da müsste ich in seiner Personalakte nachschauen, aber an die komme ich momentan nicht ran, weil ich meinen Platz nicht verlassen darf.«

»Haben Sie vielleicht eine Telefonnummer von ihm? Das würde mir für den Anfang schon genügen.«

Mit dem Kugelschreiber tippte Abel nebenbei auf seinen Block, bis hunderte von Punkten das Blatt zierten. Er übte sich in Geduld.

»Ja, seine Handynummer ist hier vermerkt, die können Sie haben.«

»Super, dann fangen Sie mal an.«

Laut und deutlich wiederholte der Kommissar jede einzelne Zahl noch einmal, um ein Missverständnis zu vermeiden.

»Ich kann Ihnen auch noch die Durchwahl für das Büro des Hausmeisterservices geben, wenn Sie wollen. Einer der beiden zuständigen Männer hält sich dort meistens auf.«

»Das ist ja super«, erwiderte Maurice Abel.

Soll ich Sie gleich verbinden, oder wollen Sie nur die Nummer haben?«, fragte der Mann am anderen Ende der Leitung sicherheitshalber nach.

»Es reicht völlig aus, wenn Sie mir die Durchwahl nennen, den Rest erledige ich dann schon selber.«

Zufrieden brachte Abel seinen Stift in Schreibposition und notierte sich die angegebenen Zahlen.

»Dann bedanke ich mich recht herzlich für die gute Zusammenarbeit und wünsche Ihnen noch einen angenehmen Tag.«

»Ja, ich Ihnen auch.«

Nachdem der Kommissar dieses Gespräch beendet hatte, dachte er einen Moment nach, ehe er die Nummer der Hausmeister wählte. Es klingelte genau fünfmal, bevor am anderen Ende der Hörer abgenommen wurde.

»Hier ist der Hausmeisterservice des Martin-Krankenhauses, mein Name ist Taskiran. Was kann ich für Sie tun?«

»Guten Tag Herr Taskiran, hier ist Maurice Abel von der Kriminalpolizei in Süderbrerap. Ich wollte eigentlich ihren Kollegen Benjamin Casper sprechen. Ist er zufällig anwesend?«

Erneut tippte er mit dem Kugelschreiber unzählige kleine schwarze Punkte auf den Block, während er den Ausführungen lauschte.

»Nein, tut mir leid, aber Benjamin ist momentan nicht da. Allerdings können Sie ihn in dringenden Fällen auf dem Handy erreichen.«

»Das werde ich im Anschluss an dieses Gespräch sicherlich auch tun, aber vielleicht ist es ja möglich, dass Sie mir vorher ein paar Fragen beantworten.«

»Kommt ganz darauf an, was Sie wissen wollen«, gab Jan Taskiran hastig von sich und presste den Hörer fest an sein Ohr.

»Kennen Sie eine Nele Homberg? Sie arbeitet als Krankenschwester im Städtischen Krankenhaus.«

»Natürlich kenne ich Nele«, unterbrach Jan Taskiran den Kommissar. »Sogar ziemlich gut. Was ist mit ihr?«

Sein Hals fühlte sich schlagartig trocken an und das Schlucken fiel ihm schwer.

»Frau Homberg wird seit gestern Abend vermisst. Sie ist nach dem Schwimmen nicht in ihre Wohnung zurückgekehrt.«

»Was verstehen Sie unter vermisst?«, unterbrach Taskiran den Kommissar sichtlich erregt. »Wir haben

Nele doch kurz nach einundzwanzig Uhr noch in den Stadtpark gehen sehen.«

»Wen meinen Sie mit *wir*?«

»Na ja, mich, meinen Kumpel Benjamin und unseren gemeinsamen Bekannten Franz, der gestern im Kiosk Dienst hatte. Wir standen zu dritt draußen am Stehbiertisch und haben zwei oder drei Bier zusammen getrunken, bevor Nele vorbeikam. Ich wollte ihr noch einen ausgeben, aber sie hatte es eilig und lehnte ab.«

Er räusperte sich, ehe er hastig weitersprach.

»Jetzt sagen Sie bloß nicht, dass ihr im Park was passiert ist?«

»Vermutlich, zumindest ist es nicht auszuschließen. Der Hund eines morgendlichen Spaziergängers hat innerhalb der Anlage den Rucksack von Frau Homberg aufgespürt, in dem sich unter anderem auch ihr Handy befand. Nur wenige Meter von dem Fundort entfernt konnte eine gelbe Strickmütze sichergestellt werden, an der sich einige lange schwarze Haare befanden. Ein Abgleich wird zeigen, ob es sich um die Mütze der Vermissten handelt. Es ist davon auszugehen, dass sie die Sachen nicht freiwillig zurückgelassen hat.«

»Oh, mein Gott«, stöhnte Taskiran und klatschte sich mit der flachen Hand vor die Stirn. »Und wir Idioten haben Nele auch noch allein durch den Park laufen lassen. Wie dämlich ist das denn. Dafür könnte ich mich im Nachhinein noch ohrfeigen.«

Seine Stimme überschlug sich fast.

»Das muss ich unbedingt sofort Benjamin erzählen, der flippt bestimmt aus.«

»Wieso glauben Sie eigentlich, dass ihr Kollege derart heftig reagieren wird?«, fragte der Kommissar verwundert.

»Na ja, wie soll ich das erklären?«, überlegte Taskiran kurz. »Benjamin steht halt auf Nele und würde gern mal mit ihr ausgehen. Allerdings ist er viel zu schüchtern um sie diesbezüglich anzusprechen, aber vielleicht sollten Sie ihn das besser selber fragen.«

»Das werde ich auf jeden Fall tun, worauf Sie sich verlassen können«, kam es wie aus der Pistole geschossen.

»Wichtig wäre noch zu erfahren, wann und wie Sie Ihren Heimweg angetreten haben. «

»Also, nachdem Nele weg war, bin ich wenige Minuten später zu Fuß nach Hause gegangen und Benjamin ist zur gleichen Zeit mit dem Fahrrad los. Er hat es natürlich geschoben, das versteht sich ja von selbst.«

Er lachte gekünstelt.

»Wir wohnen in unterschiedlichen Bezirken. Na ja, zu Franz kann ich nicht viel sagen, weil er doch noch den Kiosk abgeschlossen hat. Aber ich vermute mal, dass er dann auch auf dem direkten Weg in seine Wohnung marschiert ist. Alles andere entzieht sich meiner Kenntnis.«

»Gut«, entgegnete der Kommissar. »Das war es dann fürs Erste. Allerdings werden Sie Ihre Aussage noch schriftlich zu Protokoll geben müssen und das geht leider nur hier bei mir auf dem Kommissariat. Wann würde es Ihnen zeitlich denn passen?«

»Am Donnerstag habe ich vormittags frei«, beeilte sich Taskiran zu sagen. »Wenn es Ihnen recht ist, könnte ich dann ein Stündchen erübrigen.«

»Wie wäre es um zehn Uhr?«

»Okay, dann sollte ich ausgeschlafen sein«, witzelte er, bevor er wieder ernst wurde. »Mensch, die Sache mit Nele macht mich richtig fertig. Meinen Sie denn, da läuft so ein Perverser rum, der Frauen fängt?«

»Dazu kann ich momentan leider noch nichts Genaues sagen. Fest steht nur, dass Frau Homberg seit Dienstagabend spurlos verschwunden ist. Wir werden in alle Richtungen ermitteln und nichts außer Acht lassen.«

»Na, das beruhigt mich zumindest ein kleines bisschen«, atmete der stellvertretende Hausmeister erleichtert auf.

»Soll Benjamin Sie nun eigentlich zurückrufen?«

»Ja, das wäre nett. Ich gebe Ihnen mal die Durchwahl, dann hat er mich direkt am Apparat.«

Nachdem Jan Taskiran sich die Telefonnummer notiert hatte, beendete Abel das Gespräch, um die Personalien sämtlicher Zeugen am Computer auf bereits bestehende Kriminalakten zu überprüfen. Kurz darauf bekam er von einem Kollegen die Meldung, dass das Handy nicht geortet werden konnte.

Wenn ein Handy einer jungen Frau, die verschwunden sein soll, ausgeschaltet ist, dann ist das kein gutes Zeichen.

Fieberhaft überlegte Nele nach der richtigen Lösung. Welchen Apfel sollte sie nehmen, für welchen sollte sie sich entscheiden und was für Folgen würde der Verzehr für sie haben? Wäre es nicht eventuell sogar das Beste, den vergifteten Apfel zu essen, damit dieser Albtraum endlich ein Ende hätte? Angst schnürte ihr die Kehle zu, ließ sie zittern und erneut verzagen.

Ich muss es schnell hinter mich bringen, muss rasch eine Antwort auf ihre Frage finden, bevor die Alte sich noch weitere Schikanen einfallen lässt. Den roten oder den grünen Apfel? In meinem Kopf ist ein heilloses Durcheinander, ich weiß einfach nicht was ich machen soll.

Mit gesenktem Haupt hörte sie sich kaum vernehmlich flüstern: »Ich, ich möchte den, den Grünen.«

Ein dicker Kloß in ihrem Hals ließ sie mehrmals hintereinander trocken schlucken.

»Hier, nimm und iss!«, dröhnte die Alte und hielt ihr den auserwählten Apfel vor die Nase, den Nele zögerlich in Empfang nahm und mit bebenden Händen zum Mund führte.

»Los, abbeißen und kauen, kräftig kauen«, kicherte ihr Gegenüber. »Ich will sehen und hören, wie er dir schmeckt. Es ist ein sehr lieblicher Apfel.«

Triumphierend beobachtete sie jede noch so kleine Bewegung ihres unfreiwilligen Gastes.

Lieber Gott, bitte hilf mir und lass es schnell vorbei sein, damit ich nicht mehr so lange leiden muss.

Sie biss hastig mehrmals hintereinander ein großes Stück ab. Ohne viel zu kauen würgte sie alles runter.

Ihr Herz schlug bis zum Hals und schien einer Barriere gleich das Schlucken verhindern zu wollen. Trotz des immer wiederkehrenden Brechreizes hielt sie tapfer den Mund geschlossen und schlang innerhalb kurzer Zeit den Apfel hinunter.

Gleich werde ich elendiglich dahinsiechen, dann ist mein Leben auf einen Schlag zu Ende. Mama, Papa, Ben, bitte vergesst mich nicht.

War es die Angst vor dem Sterben, oder lag es an der kalten und unheimlichen Atmosphäre des düsteren Raumes, der die junge Frau frösteln ließ? Nele wusste es nicht.

Sollte es im Angesicht des Todes nicht völlig egal sein, ob man fror oder schwitzte?

Sehnsüchtig wartete sie mit gesenktem Kopf auf die Erlösung des einsetzenden Giftes. Lauerte förmlich auf erste Anzeichen von Übelkeit oder Magenkrämpfen.

Ihre Gedanken konzentrierten sich auf die schmerzenden Knie, die es nicht gewohnt waren in dieser unbequemen Haltung über einen längeren Zeitraum zu verharren.

Fühlt sich so das Sterben an? Wirkt Gift zuerst in den Knien und tastet sich dann aufwärts?

Unzählige Gedanken schossen ihr plötzlich durch den Kopf und schwächten sie in zunehmendem Maße.

Das Bedürfnis sich hinzulegen, zu schlafen, einfach nur zu ruhen, überrollte sie wie eine Dampfwalze.

Nur zu gern wollte sie diesem Drang Folge leisten und sich auf der Welle mitziehen lassen, die sie für einen Augenblick zurück in ihre Kindheit versetzte.

Sie sah sich in einem bunten Frühlingskleid, wie sie zu Ostern ihr erstes Fahrrad bekommen hatte, ein rot lackiertes mit silbernen Streifen an den Schutzblechen, die in der Sonne blitzten und blinkten. Nele musste die Augen fest zukneifen, um es überhaupt erkennen zu können. Auf der Klingel ihrer Lenkstange war die Meerjungfrau Arielle abgebildet und in einem Korb lag ein gelber Helm, den ebenfalls ein Klebebild ihrer geliebten Nixe zierte.

Der Osterhase hatte das Kinderrad im Garten geschickt hinter den Büschen versteckt, sodass lediglich der Vorderreifen ein kleines bisschen hervor lugte und irgendwann Neles Aufmerksamkeit erregen musste.

Ungläubig hatte sie wie angewurzelt dagestanden, bis Papa seine Kleine an die Hand nahm und zusammen mit ihr ein Stück in Richtung Busch ging. Ganz langsam und mit kurzen Schritten, um die Spannung zu steigern.

Erst als er sie losließ und sanft in Richtung Fahrrad schob, begann sie zu begreifen, dass es sich um ihr lang ersehntes rotes Fahrrad handeln musste. Mit strahlenden Augen und einem glucksenden Jauchzer rannte sie nun endlich los, um es sofort auszuprobieren.

Ein Lächeln umspielte Neles Lippen, bevor sie die Augen öffnete und erkannte, dass sie leider nicht das kleine Mädchen von damals war, sondern sich weiterhin in den Fängen ihrer Peiniger befand. Zutiefst enttäuscht spürte sie den Schmerz ihrer Knie und wunderte sich über den roten Apfel, den ihr die Alte vors Gesicht hielt.

»Hast Glück gehabt, dass der Grüne nicht vergiftet war«, kicherte sie vergnügt. »Jetzt musst du nur noch diesen wunderschönen Roten essen. Es wäre doch sehr schade, wenn er schlecht werden würde. Sohnemann und ich, wir mögen nämlich keine Äpfel.«

Ihre Stimme kam einem Säuseln gleich und verlieh Nele eine Gänsehaut. Ängstlich sah sie die Alte an, deren stechender Blick vor Bosheit nur so strotzte und die Neles Qualen regelrecht zu genießen schien.

Ihr unmenschliches, unerbittliches Verhalten ließ die junge Frau erschauern und wie in Trance nach dem Apfel greifen. Ohne zu Zögern biss sie hinein, immer und immer wieder, kaute und schluckte, bis er völlig vernichtet war.

Das Verschlingen funktionierte rein mechanisch und verursachte im Bauch ein dumpfes, beklemmendes Gefühl, als würde sich ihr Magen krampfartig zusammenziehen. Speichel sammelte sich zuhauf in ihrem Mund und fand seinen Weg über die Mundwinkel nach außen. Nele wusste nicht, ob es eher Gleichgültigkeit oder vielleicht sogar Sehnsucht war die sie während des Wartens auf den Tod empfand.

Kriminaloberkommisar Maurice Abel bekam nachmittags auf dem Kommissariat die Mitteilung, dass ein gewisser Benjamin Casper angerufen habe und es in zehn Minuten noch einmal versuchen würde. Dankend nickte Abel und begab sich in sein Büro, als auch schon das Telefon klingelte.

»Kriminalpolizei Süderbrerap, Abel«, meldete er sich und nahm gleichzeitig auf seinem Schreibtischstuhl Platz.

»Hallo Herr Abel, hier ist Benjamin Casper. Mein Kollege Jan Taskiran hat mir gesagt, dass Sie mich sprechen wollen.«

Seine Stimme klang aufgeregt.

»Ja, das ist richtig, Herr Casper. Schön, dass Sie sich so schnell melden.«

Nebenbei suchte er auf dem Schreibtisch nach einem Blatt und einem Stift, um sich Notizen machen zu können.

»Es geht um Nele Homberg, die seit gestern vermisst wird. Sie kennen Frau Homberg doch?«

»Ja, aber nur flüchtig«, kam es zögerlich über die Lippen des Hausmeisters.

»Was meinen Sie mit flüchtig?«

Abel spürte förmlich, wie unangenehm dem Mann das Gespräch war.

»Ähm, wir haben uns nur ein paar Mal im Krankenhaus während der Arbeit gesehen, wenn ich irgendetwas auf der Station reparieren musste.«

»Haben Sie bei diesen Treffen auch miteinander gesprochen?«

»Ja, natürlich, aber nur belangloses Zeug.«

»Wie stehen Sie zu Frau Homberg? Was bedeutet sie Ihnen?«

»Warum wollen Sie das wissen?«, erkundigte sich Benjamin Casper misstrauisch. Sein Kragen fühlte sich plötzlich zu eng an, sodass er ihn mit der freien Hand weitete.

»Ihr Kollege Jan ist der Meinung, dass Sie mehr als nur Freundschaft für Frau Homberg empfinden.«

»Na ja«, druckste er herum. »Ich mag Nele tatsächlich ganz gern und würde sie am liebsten einmal ins Kino oder zum Essen einladen.«

»Und was hindert Sie daran?«

»Meine Schüchternheit.«

Er räusperte sich.

»Ich bin halt nicht so ein draufgängerischer Typ wie manch anderer.«

»Man kann Kontakte auch schriftlich knüpfen, sofern man mündlich dazu nicht in der Lage ist. Wozu gibt es Handys?«

»Sie haben ja Recht«, seufzte Benjamin Casper und kratzte sich nachdenklich am Kinn.

»Wann haben Sie Frau Homberg denn zum letzten Mal gesehen?«

»Das war gestern Abend zusammen mit Jan, als Nele am Kiosk vorbeikam. «

Er hustete.

»Ihr ist doch hoffentlich nicht wirklich etwas passiert? Ich würde mir nie verzeihen, sie nicht aufgehalten zu haben.«

»Momentan sieht es leider ganz danach aus, dass ihr etwas zugestoßen sein könnte. Die Polizei ermittelt in alle möglichen Richtungen. Dazu gehören auch die Aussagen von Zeugen. Ich würde Sie deshalb gern auf die Dienststelle bitten, um Ihre Aussage zu Protokoll zu nehmen. Passt es Ihnen vielleicht morgen?«

»Ja, das lässt sich einrichten. Meinetwegen gleich in der Mittagspause.«

»Prima, dann kommen Sie doch bitte so gegen zwölf Uhr dreißig in mein Büro, da habe ich Zeit für Sie und wir können uns in aller Ruhe über die Angelegenheit unterhalten.«

»Das geht in Ordnung. Kann ich sonst vielleicht noch etwas tun?«

»Nein, die Ermittlungen sind Sache der Polizei. Zivilisten sollten sich da besser heraushalten, sonst behindern sie durch unüberlegtes Handeln möglicherweise nur unsere Tätigkeit.«

»Ich verstehe was Sie meinen.«

Seine Stimme klang zerknirscht.

»Aber sollte sich wider Erwarten doch eine Gelegenheit ergeben und Sie wollen meine Hilfe in Anspruch nehmen, dann stehe ich Ihnen natürlich jeder Zeit zur Verfügung.«

»Herr Casper, wir sehen uns morgen um zwölf Uhr dreißig in meinem Büro. Möglicherweise haben sich bis dahin bereits neue Erkenntnisse ergeben und wir wissen mehr.«

»Also, dann bis morgen.«

Nachdenklich stellte Benjamin Casper das Telefon zurück auf die Station. Zur gleichen Zeit legte auch Oberkommissar Abel den Hörer auf die Gabel und streckte seine langen Beine unter dem Tisch aus, um sich die letzten Gespräche noch einmal vor Augen zu führen.

Beide Hausmeister wirkten auf ihn irgendwie nervös, so als hätten sie etwas zu verbergen oder wüssten mehr als sie zugaben. Keiner von ihnen agierte in seiner Anteilnahme wirklich überzeugend, auch wenn Benjamin Casper wesentlich mehr Interesse gezeigt hatte als sein Kollege Jan Taskiran. Aber das war ja nur verständlich, wenn er tatsächlich intensive Gefühle für Nele Homberg hegte.

Abel würde sich auf jeden Fall beide Herren ganz genau ansehen und ihre Alibis penibel überprüfen, ebenso wie das des Dritten im Bunde. Mit einem Satz sprang er vom Stuhl auf, warf sich seine Jacke über und rief im Vorbeigehen seinem Kollegen Gerhard Brenner zu, dass er auswärts ermittle.

Wollen doch mal sehen, ob der gute Mann vom Kiosk heute auch wieder Dienst hat. Ich bin gespannt was er mir gegenüber zu berichten weiß.

Abel stellte den Dienstwagen unweit des Parkeingangs ab. Anhand einer anstehenden Schlange Jugendlicher konnte er bereits von Weitem sehen, dass der Kiosk geöffnet hatte. In aller Gemütsruhe schlenderte er darauf zu und wartete geduldig im Hintergrund, bis alle ihre Einkäufe erledigt hatten.

Nebenbei beobachtete er aufmerksam den Mann hinter dem Tresen, der seine Kunden zuvorkommend bediente. Nachdem auch die letzten beiden Jungen von dannen gezogen waren, trat Abel an das geöffnete Fenster heran und nickte dem Verkäufer freundlich lächelnd zu.

»Guten Tag, mein Name ist Abel von der Kripo Süderbrerap.« Nebenbei zückte er seinen Dienstausweis und hielt ihn dem verdutzten Mann unter die Nase. »Ich würde Ihnen gern ein paar Fragen stellen.«

»Ja, aber worum geht es denn eigentlich? Wird mir irgendetwas zur Last gelegt?«

Fahrig wischte er mit der rechten Hand über die vor ihm liegenden Zeitungen, so als wolle er sie vom Staub befreien und schaute den Kommissar forschend an.

»Nein, das nicht«, lachte Kriminaloberkommissar Abel. »Aber zunächst möchte ich erst einmal wissen, ob Sie gestern Abend auch Dienst hatten und wenn ja, von wann bis wann?«

Erwartungsvoll blickte er seinem Gegenüber ins Gesicht und fuhr sich mit der Hand durch sein dunkelblondes, kurzes Haar. Sein Pony verdeckte das rechte Auge und verleitete ihn gelegentlich zum Blinzeln. Direkt vor der Luke stehend, tippte er unentwegt mit den Fingern einer Hand auf der Ablage herum, was den Mann hinter dem Fenster zusehends irritierte.

»Ja, ich war in der Tat hier. Mein Dienst begann um dreizehn Uhr und endete um einundzwanzig Uhr. Aber warum wollen Sie das alles so genau wissen?«

Nervös nagte er an seiner Unterlippe.

»Sobald Sie meine Fragen beantwortet haben, erkläre ich Ihnen auch den Grund meiner Ermittlungen.«

Er beugte sich so weit wie möglich nach vorn.
»Gehört Ihnen eigentlich der Laden hier?«

»Nein, meinem Chef. Ich bin der einzige Angestellte und meistens nachmittags hier.«

»Dann wüsste ich gern einmal Ihre Personalien.«

Bei diesen Worten zückte Abel sein Notizheft und einen Stift.

»Paulus, Manfred Paulus.«

»Und wie alt sind Sie, Herr Paulus?«

»Einunddreißig«, schnaubte er. »Und falls es Sie interessiert, ich bin alleinstehend, kinderlos, habe einen Hund und wohne außerhalb der Stadt.«

»Dankeschön«, griente der Kommissar. »Das nenne ich prompte Bedienung. Und wann haben Sie den Kiosk gestern Abend zugemacht?«

»Kurz nachdem die letzten Kunden gegangen waren, so wie es die Vorschrift erwartet. Es muss ungefähr Viertel nach neun gewesen sein.«

»Kannten Sie irgendjemanden von den Leuten?«

»Soll das jetzt ein Verhör werden?«, begehrte Paulus auf und wurde gleich zwei Zentimeter größer.

»Nein, lediglich eine Anhörung«, konterte der Kommissar. »Wer also war bis zum Schluss hier bei Ihnen?«

»Da muss ich kurz überlegen«, gab er nachdenklich von sich. »Ach so, ja, das waren zwei gute Bekannte von mir.«

»Und wieso mussten Sie darüber erst nachdenken? Es ist doch noch gar nicht so lange her«, hakte Abel nach.

»Mann, haben Sie eine Ahnung was im Laufe des Abends hier manchmal so los ist?«, versuchte sich Paulus zu rechtfertigen. »Da kann man schon mal das eine oder andere durcheinanderbringen.«

»Das ist aber kein Grund sich aufzuregen«, beschwichtigte Abel den aufgebrachten Mann. »Wie heißen die Bekannten?«

»Das waren Benjamin und Jan, aber jetzt fragen Sie mich nicht nach den Familiennamen, die kenne ich nämlich nicht.«

»Benjamin heißt Casper mit Nachnamen«, knallte ihm Abel vor den Kopf.

»Woher wissen Sie das?«

»Das ergibt sich aus den Ermittlungen«, erwiderte Abel lächelnd. »War noch jemand außer den beiden anwesend?«

»Hm, nein«, sagte Paulus kopfschüttelnd. »Außer dieser jungen Frau, die kurz nach einundzwanzig Uhr plötzlich auftauchte und in den Park marschierte. Jan hat sich mit ihr unterhalten.«

»Beschreiben Sie die Dame doch mal mit wenigen Worten.«

»Na ja, was soll ich sagen. Sie war dick eingepackt und außer dem Gesicht und den langen schwarzen Haaren konnte man nicht viel von ihr sehen. Ich würde sie als dünn und hübsch bezeichnen. Richtig aufgefallen ist mir eigentlich nur die gelbe Mütze, die wegen der Farbe natürlich sofort ins Auge sticht.«

»Genau um diese Frau geht es«, erwiderte der Kommissar. »Ihr Name ist Nele Homberg und sie wird seit gestern Abend vermisst. Ihr Weg führte kurz nach einundzwanzig Uhr an diesem Kiosk entlang direkt in den Park. Dort muss ihr irgendetwas zugestoßen sein, denn in ihrer Wohnung ist sie bislang nicht angekommen.«

»Was sagen Sie da?« Mit weit aufgerissenen Augen starrte Franz Paulus den Kommissar an. »Aber, aber die war doch putzmunter, als sie hier vorbeiging.«

Ungläubig schluckte er mehrmals trocken hintereinander, sodass sich sein Adamsapfel auf und ab bewegte. »Hab mich sowieso gewundert, dass sie im Dunkeln alleine durch das schlecht beleuchtete Gelände laufen will.«

»Vielleicht hätten Sie ihr davon abraten sollen?«

»Nein, ich bin doch nicht deren Kindermädchen.«

»Um was ging es bei dem Gespräch zwischen Herrn Taskiran und Frau Homberg?«

»Ach, das war nur belangloses Zeug. Jan wollte sie auf ein Bier einladen, aber die Tussi hatte angeblich Kopfschmerzen und ist deswegen gleich weitergelaufen. Danach haben wir ja auch direkt Schluss gemacht und sind der Reihe nach abgehauen.«

Nachdenklich kratzte er sich am Ohr.

»Trauen Sie einem dieser beiden Männer zu, dass er etwas mit dem Verschwinden von Nele Homberg zu tun haben könnte?«

»Nee, das glaube ich nicht«, antwortete Franz Paulus und schüttelte energisch den Kopf. »Jan kann Frauen gegenüber zwar ganz schön aufdringlich sein, aber einer nachzulaufen hat er nicht nötig. Der könnte an jeder Hand glatt zehn Weiber haben wenn er wollte.«

»Und Benjamin Casper?«

»Der ist genau das Gegenteil von Jan, ein ruhiger Vertreter und viel zu feige um eine Frau anzusprechen.«

»Und wie stehen Sie zu Frauen, Herr Paulus?«

Gespannt wartete Maurice Abel auf eine Reaktion.

»Wie meinen Sie das denn jetzt schon wieder?«, erkundigte sich Paulus misstrauisch.

»Kann es sein, dass Sie Nele Homberg in den Park gefolgt sind?«

»Haben Sie noch alle Tassen im Schrank?«, erregte sich Paulus und bekam einen knallroten Kopf. Wütend nahm er einen vor sich befindlichen Stapel Zeitschriften und ließ ihn auf den Tresen krachen.

»Immer schön ruhig bleiben, Herr Paulus«, versuchte Abel den Mann zu besänftigen. »Sie wollen doch keine Anzeige wegen Beamtenbeleidigung riskieren, oder?«

»Natürlich nicht, aber dann unterstellen Sie mir auch nicht so eine Scheiße.«

Seine Mundwinkel zuckten nervös, während seine Hände zitterten.

»Gut, dann entnehme ich Ihrer heftigen Reaktion mal ein klares Nein.«

»Das ist korrekt. Ich bin auf direktem Weg nach Hause gegangen.«

»Kann das jemand bezeugen?«

»Nur mein Hund, aber der wird einen Teufel tun und Ihnen das bestätigen. Ich habe also kein Alibi, falls Sie darauf aus sind.«

»Das wäre meine nächste Frage gewesen.«

Er musterte den vor sich stehenden Mann, der plötzlich zu schwitzen begann.

»Beim nächsten Mal achte ich darauf, dass mich jemand sieht.«

»Tun Sie das, es kann nie schaden.«

»War es das jetzt?«

»Vorerst ja, aber Sie müssen Ihre Aussage noch zu Protokoll geben. Kommen Sie doch morgen Vormittag einfach zur Dienststelle, dann erledigen wir das dort zusammen. Sollte ich wider Erwarten nicht anwesend sein, können Sie Ihre Angaben auch einem Kollegen vom Dauerdienst mitteilen. Ich sage dort Bescheid.«

»Okay, das kriege ich hin«, meinte Paulus und spürte eine gewisse Erleichterung, dass der nervige Polizeibeamte ihn erst einmal in Ruhe ließ.

»Aber kann es denn nicht sein, dass die Krankenschwester bei einer Freundin untergekommen ist?«

»Vermutlich eher nicht, denn dann hätte sie wohl kaum ihren Rucksack im Park zurückgelassen. Aber woher wissen Sie eigentlich, dass Nele Homberg von Beruf Krankenschwester ist?«

»Na, von Ihnen.«

»Nein, da irren Sie sich. Ich habe Frau Hombergs Beruf mit keiner Silbe erwähnt.«

Mittwochnachmittag riss ein spöttisches Lachen Nele aus ihrer Trägheit. Noch immer spürte sie keine Wirkung des verabreichten Giftes und noch immer schmerzten ihre Knie. Was hatte das zu bedeuten? War alles nur ein makabrer Scherz der Alten gewesen und man wollte sie gar nicht töten, sondern ihr lediglich Todesangst einjagen, um diese auf perverse Weise zu genießen? Doch bevor sie den Gedanken zu Ende führen konnte, hörte sie die Stimme der Alten, deren Worte ihr durch Mark und Bein gingen.

»Steh auf, Schneeflittchen. Und begib dich nun zur Strafe in dein Bettchen«, flötete sie unmittelbar neben ihr und unterstrich ihre Aussage durch einen Schlag mit dem Stock, der Nele an der Schulter traf.

Erschrocken fuhr die junge Frau zusammen und schrie entsetzt auf. Um einen weiteren Hieb zu vermeiden, bemühte sie sich der Forderung möglichst rasch nachzukommen und ihren geschundenen Körper vom Boden zu erheben.

Doch ihre weichen Knie wollten ihr nicht gehorchen und ließen sie immer wieder zusammensacken. Überrascht stellte sie fest, dass irgendjemand ihr von hinten unter die Arme griff und beim Aufstehen behilflich war.

Auf wackeligen Beinen stehend, wurde sie zu der am Boden stehenden Holzkiste manövriert und erst unmittelbar davor losgelassen.

88

Die Alte hatte sich währenddessen wieder ihrem Lehnstuhl zugewandt und wartete in Lauerstellung darauf, weitere Anweisungen erteilen zu können.

Doch bevor es soweit war, musste ihr Gast erst einmal die richtige Position eingenommen haben.

»Hurtig, hurtig ins Bettchen mit dem unartigen Schneewittchen«, trällerte die Alte vergnügt und verwirrte Nele mit dieser unpassenden Heiterkeit. »Das dumme Schneewittchen muss erst einmal über seine Ungezogenheiten nachdenken, bevor die Königin gestatten kann, wieder aufzustehen. «

»Aber, aber, das ist doch viel zu eng, da passe ich doch nicht rein!«, schrie Nele verzweifelt auf und begann hemmungslos zu weinen.

»Du sollst nicht so dummes Zeug daherreden, sondern nur antworten, wenn du gefragt wirst!«, zeterte die Alte und ließ ihren Stock auf den Hocker krachen.

Ohne Widerworte zwängte sich Nele so rasch wie möglich in die schmale Kiste, die von der Länge her zwar ausreichte um ausgestreckt darin liegen zu können, aber seitlich keine Bewegungsfreiheit zuließ.

Regelrecht eingeklemmt war sie gezwungen die Arme auf den Bauch zu legen und die Hände wie beim Beten zu falten.

Das mit einem geringelten blonden Zopf gepolsterte Kopfende diente als Kissen und flößte Nele zusätzliches Unbehagen ein. Sie musste an die junge Frau auf dem Foto denken, deren Haare an die Märchenfigur Rapunzel erinnerten.

Der Boden unter ihr war hart und unnachgiebig. Insgesamt gesehen fühlte sie sich tatsächlich wie

Schneewittchen im Totenschrein, es fehlte nur noch der Deckel.

Neles geistige Arbeit hatte seit der Entführung im Park immens gelitten. Sie fühlte sich erschöpft und abgestumpft, spürte einen unbändigen psychischen und physischen Schmerz, der förmlich nach Entlastung schrie.

Doch waren diese Hilferufe nur in ihrem tiefsten Innern zu hören, nach außen drang lediglich ein leises Schluchzen.

Tränen der Hoffnungslosigkeit liefen die Wangen herunter und nisteten sich in der Ohrmuschel ein, um sie scheinbar liebevoll zu kitzeln. Erst als der See überzulaufen drohte, flossen die Tränen weiter in Richtung Hals und verzweigten sich, um dort für immer im Kragen des Kleides zu versiegen. Vereinzelte Tropfen schafften es ein Stück weiter, doch auch ihre Spuren verloren sich irgendwann in der Endlosigkeit.

Nele biss sich auf die Lippen, um nicht in Versuchung zu geraten die Tränen wegzuwischen, auch wenn die Finger noch so zuckten. Ihre Angst vor weiteren Qualen hinderten sie daran. Lieber ertrug sie stumm ihr Martyrium. Nur ein leises Seufzen entwich ihren Lippen, bevor sie die Augen schloss und ermattet einschlief.

***

Als sie wieder erwachte, war Nele von Dunkelheit umgeben. Kein einziger Lichtstrahl drang zu ihr. Stille umhüllte ihren ausgekühlten Körper, den sie kaum mehr spürte, der gelähmt zu sein schien. Das Atmen fiel ihr schwer, so als würde nicht genügend Sauerstoff vorhanden sein. In der Luft lag ein Geruch von Weihrauch und ätherischen Ölen, sie mochte beides nicht.

Wie lange habe ich wohl geschlafen? Es muss mitten in der Nacht sein, sonst würde ich doch zumindest irgendwelche Schatten oder Umrisse erkennen können. Bin ich allein? Darf ich es wagen mich zu bewegen oder lauert eine der Bestien direkt neben mir und wartet nur darauf, dass ich einen Fehler begehe?

Ohne den Kopf zu bewegen lauschte sie in die Finsternis hinein, immer darauf bedacht, jedes noch so kleine Geräusch in sich aufzunehmen, aber möglichst keines zu verursachen.

Vielleicht haben die beiden Bekloppten Kameras installiert und beobachten mich auf diese Weise unentwegt. Ich muss vom Schlimmsten ausgehen und auf alles gefasst sein. Ist es Tag oder Nacht? Wie lange bin ich schon hier in dieser Kiste eingesperrt? Sie erinnert mich an einen Sarg. Die werden mich doch wohl nicht bei lebendigem Leib begraben haben? Ist das der Grund, weshalb ich so schlecht Luft bekomme? Bitte lieber Gott, mach doch, dass ich mich täusche und alles nur ein böser Traum ist, aus dem ich bald erwachen werde.

Vorsichtig bewegte sie die Füße und stellte erschrocken das Fehlen der Kette fest, obwohl sie sich darüber doch eigentlich freuen müsste. Ihre Gedanken fuhren Achterbahn und sorgten im Kopf für ein heilloses Durcheinander.

Weshalb haben sie mir die Eisenkette entfernt? Trauen sie mir keinen Fluchtversuch zu, oder wollen sie gar, dass ich einen unternehme, um mich dabei zu ermorden? Es sind keine normalen Menschen mit denen ich es hier zu tun habe, also werden sie auch nicht wie solche handeln.

Nele dachte angestrengt nach. Kalter Schweiß trat aus ihren Poren und überzog ihren Körper mit einer Gänsehaut.

Einer plötzlichen Eingebung Folge leistend tastete sie zögerlich mit den Fingerspitzen die Innenwände ihrer Ruhestätte ab, um sich zu orientieren. Sie lag tatsächlich noch immer in dem Sarg. Ihr Herz klopfte wie wild. Argwöhnisch griff sie plötzlich über sich, wo außer Luft eigentlich nichts anderes sein durfte. Doch statt ins Leere zu greifen, spürten ihre Hände einen unnachgiebigen Widerstand. Den Sargdeckel. Mit ihren Fäusten trommelte sie wie wild dagegen und schrie aus Leibeskräften um Hilfe. Irgendwann verließen sie die Kräfte und ihre Schreie verhallten in der Dunkelheit. Das anfängliche Trommeln gegen den Sargdeckel war in ein kaum hörbares Pochen übergegangen und das einstige Schreien in ein leises Schluchzen.

Ich will nicht sterben, ich bin doch viel zu jung, ich will hier raus. Ich darf mich nicht aufgeben, muss mich konzentrieren und weitermachen. Das kann es doch nicht gewesen sein. Ich habe nichts zu verlieren, ich kann nur gewinnen.

Ein Wechselbad der Gefühle nahm von Nele Besitz, ließ sie abwechselnd resignieren und wieder neuen Mut schöpfen.

Unter Mobilisierung ihrer letzten Kraftreserven zog sie die Beine an und stützte sich auf den Ellenbogen ab, um den Oberkörper so weit wie möglich aufzurichten. Nachdem sie eine halbwegs passable Stellung erreicht hatte, trampelte sie mit den Schuhen immer und immer wieder unter den Sargdeckel. Als das nichts half, versuchte sie unter großer Anstrengung ihre Position zu verändern und sich auf den Bauch zu drehen, um kniend den Rücken samt Schultern zum Einsatz zu bringen.

Doch bevor es dazu kam, wurde die Abdeckung ihres Gefängnisses von außen angehoben und ruckartig entfernt. Für einen Augenblick schloss sie geblendet die Augen, weil jemand das Licht angeknipst hatte. Gleichzeitig nahm sie hechelnde Laute wahr, die ihre Angst ins Unermessliche steigerten.

Ihre Lider flackerten unruhig, ehe sie die Augen wieder öffnete und einen fürchterlichen Schreck bekam.

Vor ihr stand ein Hund mit gefletschten Zähnen. Er gab knurrende Laute von sich. Im selben Moment ging das Licht wieder aus, aber an anderer Stelle wurden ein paar Kerzen angezündet. Sie erkannte ihren Peiniger.

»Na, hat unser neuer Gast endlich ausgeschlafen?«, erkundigte er sich spöttisch und steuerte auf den Sarg zu. »Mutter wird sich freuen dich so munter zu sehen, sie mag nämlich kleine Kämpferinnen die nicht so leicht aufgeben. Trotzdem rate ich dir deine Kräfte einzuteilen, du wirst sie noch brauchen.«

Er streckte seine Hand aus, um ihr aus dem Sarg zu helfen. Doch Neles Misstrauen ihm gegenüber war größer als der Wunsch ihrem Lager zu entrinnen. Bemüht ihn zu ignorieren, schlang sie die Arme um die angezogenen Knie und wiegte ihren Körper sanft vor und zurück.

Wenn ich ihn nicht beachte, verliert er vielleicht das Interesse an mir und haut mit seinem Hund wieder ab.

Die Augen starr nach vorn gerichtet, fiel ihr ein Kinderlied ein und sie summte die Melodie leise vor sich hin.

»Häschen in der Gruube, sahaß uhund schlief … sahaß uhund schlief … armes Häschen bist du krank, dass du nicht mehr hüpfen kannst … Häschen hüpf, Häschen hüpf, Häschen hat sich ausgehüpft«

Da war sie plötzlich wieder, seine Hand.

Unübersehbar direkt vor ihren Augen schwankte sie hin und her, mit den widerlichen langen Finger, deren Fingernägel schwarz wie die Nacht waren und die Gewalt verkündeten.

Verächtlich zog Nele die Mundwinkel nach unten und richtete ihren Blick ganz fest auf den Boden des Sarges, der sie beinahe das Leben gekostet hätte.

»Gib mir jetzt endlich deine Hand, damit ich dich hochziehen kann, bevor Mutter kommt!«, herrschte er sie an. »Sie wird sonst sehr böse, wenn du dich noch immer ausruhst anstatt ihr zur Verfügung zu stehen.«

Mit ausdrucksloser Miene und letzter Kraft stützte sich Nele seitlich auf dem Kistenrand ab und stemmte ihren Körper in die Höhe.

Es gestaltete sich schwieriger als gedacht, aus dem Sarg herauszuklettern ohne gleich wieder umzufallen. Ihrem Peiniger schien die Aktion zu lange zu dauern, deshalb packte er sie kurzerhand und schleppte sie zu dem einzigen Stuhl der vor dem Tisch stand und dessen Beine ganz offensichtlich um die Hälfte der Gesamtlänge gekürzt waren.

Widerstandslos ließ sie es geschehen und wehrte sich auch nicht gegen die zuschnappende Fußfessel. Nur wenige Augenblicke später humpelte die Alte in den Raum, während ihr Sohn einige weitere Kerzen anzündete. Der Hund knurrte noch immer.

W eniger als dreißig Minuten vor Feierabend überprüfte Maurice Abel telefonisch die zeitlichen Angaben der bisher befragten Zeugen. Keiner von ihnen schien gelogen zu haben, ihre angegebenen Alibis stimmten mit den Aussagen der angerufenen Bürgen überein. Einerseits stellte ihn diese Erkenntnis zufrieden, aber andererseits bedeutete es auch neue Wege einzuschlagen.

Es wäre zu schön und einfach gewesen, wenn einer der drei Kandidaten mein Täter gewesen wäre. Okay, dann werde ich wohl noch in eine andere Richtung ermitteln müssen, um weiterzukommen. Mal sehen, ob sich in der Wohnung der Frau Homberg irgendwelche Hinweise auf die Tat oder den Täter ergeben.

Kurz entschlossen nahm er den Hörer vom Telefon und rief beim Erkennungsdienst an.

»Hallo Hans, ich bin es, dein Busenfreund Maurice.« Lachend fuhr er fort. »Würdest du mir bitte nochmal zwei deiner Leute zur Verfügung stellen, damit wir uns im Fall der vermissten Nele Homberg ihre Räumlichkeiten in der Pasteurstraße etwas genauer ansehen können, bezüglich PC, Anrufbeantworter oder Tagebuch?«

»Aber gerne doch«, kam es gutgelaunt zurück. »In einer halben Stunde schicke ich dir Benas und Ferdinand dorthin, sofern es in deinen Zeitplan passt.«

»Super, dafür hast du was gut bei mir, bis später.«

Die Kollegen vom Erkennungsdienst warteten schon, als Abel vor dem Haus der Vermissten ankam. Noch bevor er den Schlüssel ins Schloss stecken konnte, wurde diese von innen durch einen Türsummer geöffnet.

Verwundert begaben sich die drei Männer ins Treppenhaus, wo sie auch schon von Frau Brehme, der alten Dame aus der Nachbarwohnung, neugierig in Empfang genommen wurden.

»Ich habe Sie kommen sehen, junger Mann. Sie und die übrigen beiden Herren.«

Bei diesem Satz musterte sie Maurice Abel von oben bis unten, während sie die anderen Beamten nur mit einem oberflächlichen Blick bedachte.

»Es sieht ganz danach aus, als würden die Herrschaften von der Polizei sein. Obwohl, wenn ich es recht überlege, sind Sie eigentlich viel zu jung für einen Polizisten.«

Sichtlich aufgeregt pustete die alte Dame eine vorwitzige graue Strähne aus ihrem Gesicht und blickte Kommissar Abel über den oberen Brillenrand hinweg erwartungsvoll an.

»Sie haben Recht, wir sind von der Polizei«, lachte Abel spitzbübisch und griff in seine Jackentasche, um seinen Dienstausweis hervorzuholen.

»Dann wollen wir mal hoffen, dass Sie sich auch dementsprechend ausweisen können«, konterte die zierliche Frau mit dem auf und ab wippenden Dutt am Hinterkopf. Noch ehe sie die dargebotene Karte in Empfang nahm, wischte sie ihre Hände sorgfältig an der Kittelschürze ab.

»Ich passe nämlich in diesem Haus auf, dass kein Unrecht geschieht. Mein verstorbener Mann, Gott hab ihn selig, war nämlich Offizier und hat mir so manches beigebracht, wenn Sie verstehen was ich meine.«

Die spitze Nase in die Höhe gereckt und den dünnen Hals aus dem Ausschnitt des Kittels geschält, flüsterte sie hinter vorgehaltener Hand, sodass es nur Abel verstehen konnte. »Ich habe hier mal jemanden beobachtet, der wollte in die Wohnung von Frau Homberg, als sie gar nicht da war.«

Frau Brehme hüstelte.

»Na ja, ich habe ihn durch den Spion gesehen, wie er an der Tür herumhantierte.«

»Das klingt überaus interessant«, entgegnete Abel und beugte sich zu der alten Dame herab, die ihm kaum bis zur Brust reichte. »Und haben Sie auch erkennen können, ob sich derjenige Zutritt zur Wohnung verschafft hat?«

»Dieses heikle Thema sollten wir auf gar keinen Fall im Treppenhaus besprechen, Herr Kommissar«, flüsterte sie. »Hier haben die Wände Ohren, wenn Sie verstehen, was ich meine.«

Mit todernster Miene sah sie zu ihm auf und fuhr ergänzend fort. »Ich halte es für eine kluge Entscheidung, wenn Sie auf ein Tässchen Kaffee mit in meine Wohnung kommen würden, damit ich Ihnen alles in Ruhe erzählen kann. Die beiden anderen Herren können ja schon mal die Zimmer von Frau Homberg inspizieren.«

Ohne eine Antwort abzuwarten, schob sie einen der beiden Beamten vom Erkennungsdienst energisch in Richtung Eingangstür der gegenüberliegenden

Wohnung. Gleichzeitig richtete sie wieder das Wort an Maurice Abel, der ihr irgendwie zu gefallen schien.

»Wie lautet eigentlich ihr Name, Herr Kommissar? Sie haben sich noch gar nicht richtig vorgestellt. Ihren Ausweis haben Sie mir so dicht unter die Nase gehalten, dass ich nicht wirklich etwas lesen konnte was da geschrieben stand, wenn Sie verstehen.«

»Ja, ich verstehe Sie und Ihr Anliegen sogar ausgesprochen gut«, unterbrach der junge Kriminalbeamte den Redeschwall der alten Dame und musste herzhaft über die verblüfften Gesichter seiner Kollegen von der Spurensicherung lachen, die es nicht gewohnt waren nach der Pfeife eines ältlichen Mütterchens zu tanzen.

Grinsend hielt er Ferdinand den Wohnungsschlüssel entgegen.

»Mein Name ist Abel, Maurice Abel und ich bin Kriminaloberkommissar auf dem hiesigen Kommissariat.«

»Oh, ein richtiger Kriminalkommissar wie aus dem Fernsehen!«, rief Frau Brehme begeistert aus und blieb kurz stehen, um den hinter sich gehenden Mann vorsichtshalber noch einmal genauer unter die Lupe zu nehmen.

»Sie werden einer alten Dame wie mir doch nichts tun, Herr Kommissar?« Mit blitzenden Augen blickte sie zu ihm auf, während kleine Lachfalten ihren Mund umspielten.

»Werte Frau Brehme«, wehrte Maurice Abel lachend ab. »Wer sollte einer so reizenden und temperamentvollen Dame wie Ihnen schon etwas anhaben können? Nein, nein, da brauchen Sie sich keine

Sorgen zu machen, meine Absichten sind rein dienstlicher Natur.«

»Na, da fällt mir aber ein Stein vom Herzen«, strahlte sie plötzlich und wies mit dem ausgestreckten Arm auf einen alten Ledersessel.

»Bitte, junger Mann, wenn Sie sich freundlicherweise hierher setzen wollen. Das war immer der Lieblingsplatz meines verstorbenen Mannes, in dem er mittags sein Schläfchen gehalten hat, während ich in der Küche mit dem Geschirr beschäftigt war, wenn Sie verstehen was ich meine.«

Die Hände vor der schmächtigen Brust gefaltet, warf sie einen wehmütigen Blick auf ein riesiges Bild an der Wand, das einen stattlichen Mann in Offiziersuniform darstellte.

»Das war er, mein Helmut und Sie sehen ihm sehr ähnlich. Habe ich Ihnen das eigentlich schon gesagt?«

»Nein, das haben Sie nicht, aber wir haben uns ja auch gerade eben erst kennengelernt«, erwiderte Abel kopfschüttelnd und lenkte das Gespräch wieder in die richtige Bahn.

»Wenn ich jetzt die Geschichte von dem Unbekannten an der Tür hören dürfte, wäre ich der glücklichste Mensch der Welt.«

Charmant lächelnd ließ er sich in den Sessel fallen und wartete gespannt auf ihre Berichterstattung.

»Aber, waren Sie denn nicht schon heute Morgen hier?«, fragte sie erstaunt und runzelte nachdenklich die Stirn.

Noch ehe der Kommissar antworten konnte, hellte sich ihre Miene plötzlich auf und ging in ein Strahlen über.

»Ich hab's. Das muss ein Kollege von Ihnen gewesen sein, dem eine gewisse Ähnlichkeit nicht abzusprechen ist.«

Mit einem wohlweislichen Lächeln auf den Lippen eilte sie zufrieden in die Küche, um gleich darauf mit einem Tablett zurückzukehren, auf dem sich eine Kaffeekanne mit zwei Tassen, sowie Milch und Zucker befand. Flink goss sie jedem etwas Kaffee ein und bat den Kommissar, sich mit den Zutaten selber zu bedienen. Nachdem sie ihm auch noch zwei Plätzchen auf den Rand der Untertasse gelegt hatte, nahm sie ihm gegenüber in einem Schaukelstuhl Platz und strich sorgsam ihre Schürze glatt.

»Es muss am Montagvormittag gewesen sein, also einen Tag vor Nele Hombergs Verschwinden. Entweder war die Haustür unverschlossen, sodass der Mann ungehindert ins Haus gelangen konnte, oder aber er hat bei irgendjemandem geklingelt, der ihn dann rein gelassen hat. Jedenfalls habe ich in der Küche gerade Kartoffeln geschält, als ich im Treppenhaus ein Geräusch vernahm. Sie müssen wissen, mein Gehör funktioniert nach tadellos und hier im Gebäude ist es tagsüber eher ruhig. Es sei denn, der Postbote kommt.«

Sichtlich empört schnappte sie nach Luft.

»Der stiefelt rücksichtslos durchs ganze Haus, um seine Pakete zu verteilen. Unglaublich, was die Leute heutzutage alles so bestellen.«

Verständnislos schüttelte sie den Kopf und nippte an ihrem Kaffee.

»Wer braucht denn so viel Zeugs? Sie, Herr Kommissar?«

Forschend sah sie ihr Gegenüber an.

»Nein, Frau Brehme, ich ganz bestimmt nicht«, erwiderte er freundlich und warf nebenbei einen verstohlenen Blick auf die Wanduhr. Mittlerweile hegte er leichte Zweifel an der Glaubwürdigkeit der alten Dame und vermutete eher, dass sie die Gelegenheit für ein Schwätzchen nutzen wollte. Im Grunde genommen kam es ihm auf eine Viertelstunde mehr oder weniger nicht an, wenn sich das Gespräch am Ende auszahlte. Insofern würde es von Vorteil sein, die zierliche Person bei Laune zu halten.

»Das meiste was ich benötige ist Sportkleidung«, hörte er sich sagen. »Ich spiele nämlich leidenschaftlich gern Fußball. Aber meine Freundin bestellt auch schon gern mal das eine oder andere, wie Frauen halt so sind. Was war denn nun mit dem Mann im Flur?«

»Ja, wo war ich doch gleich stehengeblieben?«, grübelte sie und legte den knochigen Zeigefinger auf ihre Lippen.

»Ach so, ja. Also, durch den Spion konnte ich einen mir unbekannten Mann beobachten, der sich an der Tür von Frau Homberg zu schaffen machte. Allerdings stand er mit dem Rücken zu mir gewandt, sodass ich ihn überwiegend nur von hinten gesichtet habe. Aber einmal, da hat er sich umgedreht und genau in meine Richtung gesehen. Was glauben Sie wohl, wie mir der Schreck in die Glieder gefahren ist?« Sie fasste sich ans Herz und atmete hörbar ein und aus. »Er war ziemlich groß, dunkel gekleidet und wenn ich mich recht erinnere, trug er auch noch einen schwarzen Kapuzenpullover, sowie eine graue Jogginghose. Ja, und auf dem Kopf hatte er eine schwarze Kappe.«

Nach einer gedanklichen Pause fügte sie aufgebracht hinzu: »Es war aber auch zu ärgerlich, dass ich ausgerechnet in diesem Moment meine Brille nicht aufhatte, sondern sie erst noch holen musste um besser sehen zu können. Tja, und somit verpasste ich leider den Augenblick seines Weggehens.«

»Sie meinen also, er ist nicht in die Wohnung hinein gelangt und Sie haben es nur nicht mitbekommen?«

»Was glauben Sie eigentlich von mir, Herr Kommissar?«, empörte sie sich und reckte ihren dürren Hals in die Höhe.

»Nachdem ich ihn an der Tür nicht mehr zu Gesicht bekommen habe, bin ich natürlich sogleich auf die andere Seite zum Küchenfenster gelaufen und wurde Zeugin, wie er dieses Haus unverrichteter Dinge wieder verlassen hat und um die Ecke gebogen ist.«

Triumphierend schaute sie den Kriminalbeamten an, bevor sie ihre Aussage zu Ende führte. »Ich bin dann von dort aus zwar noch schnell ans Schlafzimmerfenster geeilt, konnte ihn jedoch nicht mehr sehen.«

»Angenommen, ich zeige Ihnen ein Foto von dem Mann. Würden Sie ihn möglicherweise wiedererkennen?« Gespannt wartete Abel auf ihre Reaktion.

»Selbstverständlich«, posaunte die alte Dame aufgebracht.

»Wenn er sich nicht gerade die Haare gefärbt hat oder mittlerweile einen Bart trägt, sollte es kein Problem sein ihn zu identifizieren, Herr Kommissar. Ich verfüge nämlich über ein unglaublich gutes Personengedächtnis, müssen Sie wissen.«

Mit einem verschmitzten Lächeln schenkte sie sich Kaffee nach.

»Für mich bitte nicht mehr, Frau Brehme«, nutzte Abel die Gunst der Stunde, um den Absprung zu schaffen. »Ich muss jetzt wieder zu meinen Kollegen, die warten nämlich schon auf mich.«

Zügig erhob er sich aus dem Sessel und reichte ihr zum Abschied die Hand. »Sie waren mir wirklich eine große Hilfe und ich werde in den nächsten Tagen ganz sicher noch einmal mit ein paar Fotos vorbeikommen. Es wäre schön, wenn Sie dann auf dem einen oder anderen eventuell den Mann vom Montag entdecken könnten. Ach, vielen Dank auch für den köstlichen Kaffee.«

»Nichts zu danken, junger Mann. Sie wissen doch, eine Hand wäscht die andere. Wenn ich mal Ihre Hilfe benötigen sollte, rufe ich Sie einfach an, wenn Sie verstehen was ich meine.«

Mit einem Augenzwinkern huschte sie vor ihm her zur Tür.

Puhhh, das wäre erst einmal geschafft.

Erleichtert atmete Abel auf und ging in die gegenüberliegende Wohnung der vermissten Nele Homberg.

»Jan, habt ihr die Wohnungstür schon nach Fingerabdrücken untersucht?«, erkundigte er sich bei seinem Kollegen vom Erkennungsdienst.

»Nein. Bislang sind wir noch mit der Inneneinrichtung beschäftigt. Wieso fragst du, gibt es einen besonderen Grund?«

»Ja, den gibt es in der Tat. Frau Brehme hat einen Unbekannten beobachtet, der sich Zugang zur Wohnung verschaffen wollte. Allerdings ist es wohl beim Versuch geblieben, aus welchen Gründen auch immer. Nehmt den Eingangsbereich also bitte gründlich unter die Lupe.«

»Wird sofort erledigt, Chef«, grinste Jan und streifte sich neue Einweghandschuhe über die Hände.

Auch am Mittwochabend ging das morbide Spiel weiter. Ohne Nele auch nur eines Blickes zu würdigen, humpelte die Alte zu ihrem Thron und ließ sich ächzend darauf nieder. Ihren Gehstock warf sie polternd zu Boden, so als wolle sie durch Lautstärke ihre Anwesenheit bekunden.

Eingeschüchtert fuhr die junge Frau zusammen und schaute mit heftig klopfendem Herzen so unauffällig wie möglich zu ihr herüber. Nur wenige Meter trennten sie von der Verrückten, die sich ganz offensichtlich umgezogen hatte.

Soweit Neles getrübter Blick es zuließ, erkannte sie einen weiten Kaftan aus glänzendem Stoff, der bei jeder Bewegung raschelte.

Der bekloppte Sohn der Alten war beim Erscheinen seiner Mutter genau wie Nele zusammengezuckt und stand nun wie ein gehorsamer Diener neben dem Lehnstuhl. Mit gesenktem Kopf stierte er auf den Fußboden und schien lediglich auf Anweisungen zu warten.

»Steh nicht so blöd rum, sondern hole den Behälter mit den Halsbändern, aber hurtig«, befahl die Alte und vollführte eine zackige Handbewegung.

Schnellen Schrittes eilte er aus dem Raum. Er wusste, dass seine Mutter keinen Widerspruch duldete. Sein Schäferhund lag weiterhin neben dem Sarg und bewachte Nele. Normalerweise hatte sie keine Angst vor

Hunden, aber dieser war ihr nicht ganz geheuer, weil er ständig knurrende Laute von sich gab.

Die Tür wurde geöffnet und ihr Peiniger kehrte mit einem Karton zurück. Ungeduldig streckte ihm seine Mutter die Arme entgegen.

»Los, los, los«, krächzte sie. »Wie lange soll ich denn noch warten?«

Bei diesen Worten riss sie den Karton an sich, entfernte kurzerhand den Deckel und wühlte mit ihren fleischigen Fingern den Inhalt durch. »Wo ist das Halsband von Rapunzel?!«

Ihr Gesicht wurde plötzlich puterrot.

»Es ist nicht hier drin. Du wirst es ihr doch wohl nicht mit ins Grab gelegt haben, oder?«

Mit zusammengekniffenen Augen und vorgeschobenem Unterkiefer starrte sie ihn an, bevor sie den Karton mit einer Handbewegung blitzartig von ihrem Schoß fegte.

»Nein, nein«, beeilte sich das Muttersöhnchen zu sagen. »Ganz ehrlich nicht, hab's vorher abgemacht, so wie du es befohlen hast, Mutter. «

Unbeholfen hob er die verstreuten Halsbänder wieder auf und packte sie zurück in den Karton.

Nele erschauerte beim Anblick der stacheligen Teile, von denen sie glaubte, dass der Hund sie umgelegt bekommen würde. Sie empfand großes Mitleid mit dem armen Vierbeiner und glaubte plötzlich zu wissen, warum er ständig knurrte.

»Hab keine Angst, ich bin ja bei dir«, hörte sie sich flüstern.

Erstaunt registrierte sie ein leises Fiepen und riskierte einen Blick in Richtung Hund, der inzwischen ruhig auf dem Bauch lag und seine Schnauze auf die Vorderpfoten gelegt hatte. Erst jetzt bemerkte sie den tief einschneidenden Strick um seinen Hals, der anhand einer Schlaufe festgezurrt zu sein schien.

Ihre beiden Peiniger waren so sehr mit sich selber beschäftigt, dass Nele ihre Panik überwand und mit zitternden Fingern vorsichtig über den Rücken des Hundes strich. Einen Augenblick lang befürchtete sie, dass er nach ihr schnappen würde, weil er ruckartig den Kopf anhob, aber stattdessen sah er sie nur aus traurigen Augen an.

»Pscht«, hauchte sie und versuchte mit fahrigen Bewegungen das Seil zu lockern.

»Dann such das Halsband von Rapunzel, verdammt nochmal!«, fauchte die Alte ihren Sohn an und spie Feuer.

»Ich will es Schneewittchen jetzt umlegen.« Zornig funkelten ihre Augen im Dämmerlicht. «Und bring auch gleich die Leine mit. Und die Schere. Hast du verstanden?!«

«Jaaa, ich habe dich verstanden, du hast ja laut genug geschrien«, wagte er einzuwenden und verschloss den Karton mit dem Deckel. »Ich bin nicht schwerhörig.«

In Windeseile brachte er den Karton zur Kommode und stellte ihn darauf ab. Dabei wackelte er unaufhörlich mit dem Kopf und brabbelte unverständliche Worte vor sich hin. Hastig öffnete er eine Schublade nach der anderen. Bei der letzten stieß er einen Freudenschrei aus.

»Hier ist das Halsband von Rapunzel und die Leine auch!« Beinahe triumphierend hielt er beides in die Höhe. »Siehst du Mutter, es liegt alles an seinem richtigen Platz.«

»Dann bringe es her.« zischte die Alte und wedelte mit ihrem Stock.

Mittlerweile war es Nele gelungen, das Seil vom Hals des schwarzen Schäferhundes zu entfernen. Durch das dichte Haarkleid konnte sie seine Rippen spüren. Behutsam kraulte sie seinen Nacken in der Hoffnung, dass er nicht um sich beißen möge. Doch das Gegenteil war der Fall, er leckte ihr dankbar die Hand und gab wohlige Laute von sich. Wie durch einen Schleier beobachtete sie nebenbei das Geschehen um sich herum.

Was für ein Affentheater veranstalten diese beiden Idioten hier eigentlich? Das ist der helle Wahnsinn, die sind doch nicht ganz dicht und wissen nicht einmal was sie da fabrizieren. Das hat absolut nichts mit der Wirklichkeit zu tun, es erscheint dermaßen surreal, dass es sich nur um einen Albtraum handeln kann, aus dem ich irgendwann erwachen werde.

Um wieder in die Gegenwart zurückzukehren, kniff Nele sich in den Arm, bis der empfundene Schmerz ihr die bittere Wahrheit signalisierte.

Sie befand sich noch immer in den Fängen zweier Psychopathen, die zu allem bereit waren. Fassungslos bemerkte sie die Bosheit der Alten dem eigenen Sohn gegenüber, wie sie ihn antrieb, ihrem gefangenen Gast das Halsband anzulegen.

Ihre ständig wechselnde Laune unterstrich die Gefährlichkeit des fettleibigen Lebewesens, das sich Mensch nannte.

Nele wusste, dass es für sie jetzt nur zwei Möglichkeiten gab. Entweder sie ließ das folgende, schreckliche Geschehen über sich ergehen, oder aber sie setzte sich zur Wehr. Was konnte ihr schon Schlimmeres passieren als das bislang bereits Erlebte. Lediglich der Tod wäre eine Steigerung dessen, möglicherweise aber auch eine Erlösung.

Plötzlich ging es nicht mehr ausschließlich um sie selber, sondern ein Stück weit auch um den Hund, der ihr keine Angst mehr einjagte. Vielleicht war er es sogar, dem sie den forschen Gedanken der Verteidigung zu verdanken hatte, da er nicht viel besser dran war als sie selber.

Nele sah ihren Peiniger auf sich zukommen und spannte die Muskeln an. Kurz bevor er sie erreicht hatte, sprang sie jäh vom Stuhl auf und rammte ihm ihren Kopf in den Bauch. Völlig perplex ließ er alles, was er in den Händen hielt, fallen und taumelte zurück, bevor er wie ein gefällter Baum zu Boden stürzte.

Stöhnend wälzte er sich von einer Seite auf die andere und presste seine Hände auf den Unterleib. Der Schäferhund war ebenfalls aufgesprungen und lief zu seinem Herrchen, um ihm wider Erwarten die Zähne zu zeigen. Von ihrem eigenen Mut überrascht, hob Nele schnell die Fußkette auf und versuchte sie mit aller Kraft aus der Verankerung zu reißen. Doch so sehr sie auch zerrte und zog, die Eisenkette gab keinen Millimeter nach.

Verzweifelt drehte sie sich um und griff nach dem Stuhl, auf dem sie bis eben gesessen hatte. Ohne lange zu überlegen, hob sie ihn hoch und hielt ihn wie einen Schutzschild vor sich, während ihr Peiniger sich von seinem ersten Schreck und Schmerz erholt hatte und wieder auf die Beine kam.

Wutschnaubend entriss er Nele den Stuhl mit einem einzigen Ruck und warf ihn weit von sich, sodass er laut krachend gegen die Wand schlug.

»Mach was, du Idiot!«, kreischte die Alte und schlug mit ihrem Stock unaufhörlich auf den Hocker ein.

»Pack dir die elende Schlampe, los, los, los!«

Am ganzen Körper zitternd, bewegte Nele sich langsam rückwärts, bis sie den samtenen Stoff der Gardine in ihren Händen fühlte und sich daran festklammerte, so als könne der ihr Schutz bieten. Ihr Herz raste und ihre Gedanken überschlugen sich. Noch ein letztes Mal zerrte sie an der Kette und stürzte dabei fast zu Boden, als diese endlich nachgab und sich aus der Verankerung löste.

»Hau ab, du perverses Schwein!«, schrie sie. »Hau ab oder ich vergesse mich!« Wie von Sinnen rüttelte sie an den Vorhängen, bis sie herunterfielen. Hastig raffte sie den schweren Stoff zusammen und schleuderte ihn ihrem Angreifer entgegen. Auf der freien Fensterbank entdeckte sie einen Schraubenzieher und griff geistesgegenwärtig danach, um ihn als Waffe zur Verteidigung zu benutzen.

»Wenn du noch einen Meter näher kommst, steche ich zu!«

Zu ihrer eigenen Verwunderung machte sie einen schnellen Schritt auf ihn zu und hieb mit dem Werkzeug nach ihm, ohne ihn jedoch zu treffen.

Verunsichert wich das Muttersöhnchen automatisch ein Stück weit zurück und blickte sich hilfesuchend nach seiner Mutter um, die mit der Situation ebenfalls überfordert zu sein schien.

»Hast du das gesehen, Mutter?!« brüllte er. »Die muss vollkommen von der Rolle sein, dreht völlig am Rad!«

»Du wirst doch vor der keine Angst haben!«, schrie die Alte hysterisch. »Los, schnapp dir dieses Luder endlich und schlag sie windelweich!«

Er wusste nicht so recht wie er an die tobende Frau herankommen sollte, ohne dabei selber verletzt zu werden. Argwöhnisch beäugte er sie einen Moment, bis er sich dazu entschloss, den Stuhl schützend vor sich herzutragen.

»Ich kriege dich ja doch«, keuchte er und bewegte sich vorsichtig auf sie zu.

Er konnte nicht damit rechnen, dass Nele noch einmal den gleichen Trick anwenden würde wie zuvor, indem sie mit einem lauten Schrei auf ihn zustürmte.

Doch diesmal rannte sie an ihm vorbei in Richtung Tür. Wie angewurzelt blieb er auf der Stelle stehen und konnte nicht fassen, was da gerade vor seinen Augen passierte.

»Halte sie auf!«, tobte die Alte und sprang von ihrem Lehnstuhl hoch. »Die will abhauen.«

Mit dem Schraubenzieher in der Hand rannte Nele den Flur entlang, die rasselnde Kette hinter sich herschleppend. Sie hatte keine Ahnung in welcher Richtung die Haustür sein konnte, auch wenn sie die bei ihrer Ankunft vermutlich passiert hatte. Ihr Atem ging stoßweise, die Schwäche machte sich ebenso bemerkbar wie weit verbreitete Schmerzen. Hinter sich hörte sie ihren Entführer seinem Hund zurufen: »Schmusi, los. Hol sie dir und mach das Miststück fertig!«

Nele hetzte weiter.

Beiß die Zähne zusammen und sieh zu, dass du aus diesem Horrorhaus rauskommst. Egal was dich da draußen erwartet, es kann nur besser werden. Der Hund, er hetzt den Hund auf mich. Gleich wird er mich eingeholt haben und von hinten anspringen, dann bin ich ein für allemal geliefert. Wenn die Idioten mich noch einmal zu fassen kriegen, werde ich für meinen Fluchtversuch büßen müssen. Da vorne, das könnte der Ausgang sein, lauf Nele, lauf so schnell du kannst, nimm deine Beine in die Hand. Ich muss die Kette tragen, sonst bleibe ich noch irgendwo hängen.

Nur noch wenige Meter trennten Nele von der vermeintlichen Haustür, als sie ein Hecheln hinter sich vernahm. Eine Gänsehaut überzog ihren Körper und ließ sie frösteln.

Nicht umdrehen, bloß nicht nach hinten schauen, sonst stolpere ich und dann ist alles vorbei. Jetzt nur noch die Klinke herunterdrücken und schon bin ich draußen.

Hausmeister Benjamin Casper hatte wie jeden Tag seinen letzten Rundgang beendet. Wenn nichts Außergewöhnliches mehr dazwischen kam, könnten er und sein Kollege Jan Taskiran in einer halben Stunde Feierabend machen. Er freute sich auf die nächsten dreißig Minuten, in denen er Schreibarbeiten zu erledigen hatte und nebenbei ganz in Ruhe einen starken Kaffee trinken und die neuesten Instagram-Beiträge verfolgen würde. Er schaute sich gerne an, was seine Freunde den Tag über so machten und letzten Endes auch posteten.

Koffein und mein Handy bringen mich schnell wieder auf Vordermann. Und wenn nichts dazwischen kommt, werde ich heute Abend den Weg durch den Park nehmen, den auch Nele gegangen ist. Das kann mir niemand verbieten, aber womöglich entdecke ich etwas, das die Polizei übersehen hat, auch wenn es dunkel ist. Ich muss nur eine vernünftige Taschenlampe mitnehmen.

Suchend klopfte er seine Kitteltaschen nach dem Schlüssel für den Spind ab.

Wo hab ich ihn denn bloß hingelegt? Er muss doch hier irgendwo sein. Der kann sich schließlich nicht in Luft aufgelöst haben.

Nachdem auch die Suche auf dem Schreibtisch erfolglos geblieben war, durchwühlte er zusätzlich noch sämtliche Schubladen. In der untersten entdeckte er eine Dose mit unsortierten Schlüsseln, die sich irgendwann einmal gefunden hatten, aber nicht zugeordnet werden konnten.

Vielleicht passt ja einer von denen, Versuch macht bekanntlich klug.

Er kramte ein paar hervor, die der Größe und Form des vermissten Schlüssels entsprachen und begab sich damit in den Nebenraum, der als Umkleideraum diente. Beim Näherkommen stellte er erleichtert fest, dass der zuvor gesuchte Schlüssel im Schloss seines Spindes steckte.

Und ich Idiot kremple alles um, dabei ist er genau dort wo er hingehört. Jetzt will ich aber wenigstens wissen, ob einer dieser alten Schlüssel zu einem der Schränke passen würde, ansonsten schmeiße ich den ganzen Schrott endlich mal weg. Steigt doch eh keiner mehr durch.

Nacheinander probierte er jeden einzelnen Schlüssel an sämtlichen Schränken aus, um möglicherweise rein zufällig auf ein paar Ersatzschlüssel zu stoßen. Der überwiegende Teil passte nicht und wurde sogleich im Mülleimer entsorgt. Beim vorletzten Schlüssel angelangt, ließ sich dieser ganz sanft in das Schloss eines unbenutzten Spindes schieben und auch umdrehen. Die Tür knarrte beim Öffnen. Ein unangenehmer Geruch strömte ihm entgegen. Im obersten Fach entdeckte er ein benutztes Handtuch und ein Paar Socken. Hastig schob er die Tür wieder zu und rümpfte die Nase, ehe er den letzten Schlüssel in das Schloss des letzten Spindes schob. Es kam einer Genugtuung gleich, dass auch dieser passte. Die Tür klemmte ein wenig und musste leicht angehoben werden, ehe sie sich öffnen ließ. Neugierig schob er sie auf und starrte ungläubig auf den Inhalt.

»Scheiße!«, brüllte er und knallte die Tür wieder zu. »Ich muss sofort die Polizei anrufen.«

»Tut mir leid«, sagte die nette Stimme von der Polizeivermittlung. »Aber Kriminaloberkommissar Abel hat seinen Dienst bereits beendet. Soll ich Sie vielleicht mal mit dem Kriminaldauerdienst verbinden?«

»Nein, das hilft mir nicht weiter«, seufzte Benjamin Casper. »Ich muss den Kommissar dringend persönlich sprechen, es geht um den Fall der vermissten Nele Homberg. Ich habe da eine Entdeckung gemacht, die ihn interessieren dürfte.«

»Dann versuche ich ihn mal auf seinem Handy zu erreichen«, antwortete die freundliche Dame »Bitte bleiben Sie so lange in der Leitung.«

»Ja, das mache ich, danke.«

Um seine Nerven zu beruhigen, zündete er sich die dritte Zigarette innerhalb einer Viertelstunde an.

»Sollte es mit der Verbindung nicht funktionieren, müssen Sie Ihr Wissen unbedingt dem Kriminaldauerdienst mitteilen«, meldete sich noch einmal die Frau von der Vermittlung.

»Natürlich, das werde ich auf jeden Fall tun, versprochen.«

Mit dem Hörer in der Hand lief der Hausmeister nervös von einem Raum in den nächsten. Es dauerte eine gefühlte Ewigkeit, bis er die Stimme des jungen Oberkommissars am anderen Ende hörte. Erleichtert atmete er auf.

»Hier Abel, Herr Casper?«

»Ja, ich bin es, Herr Kommissar, der Hausmeister aus dem Krankenhaus, wenn Sie sich noch erinnern können.«

»Natürlich kann ich mich an Sie erinnern, ist ja noch nicht allzu lange her, dass wir uns gesprochen haben. Um was geht es denn?«

Wissbegierig spitzte er die Ohren.

»Ich habe gerade eben zufällig etwas entdeckt, dass Sie vermutlich interessieren dürfte. Es betrifft Nele, Nele Homberg, die vermisste Krankenschwester, Sie wissen schon. Das Beste wäre, Sie würden gleich mal hier im Krankenhaus bei mir vorbeikommen und sich ansehen, was ich gefunden habe.«

Gespannt wartete er auf eine Antwort.

»Sie machen mich ganz schön neugierig, Herr Casper. Na gut, wenn Sie es am Telefon nicht sagen wollen, dann schaue ich kurz bei Ihnen vorbei. Bin ohnehin gerade auf dem Sprung und könnte es in fünf Minuten schaffen. Dann muss meine Freundin eben mal ohne mich einkaufen.«

Er lachte und beendete das Gespräch mit den Worten: »Möglicherweise dauert es auch sechs oder sieben Minuten, aber dann bin ich garantiert da.«

Mittlerweile war auch Jan Taskiran im Büro des Hausmeisters angelangt und wartete nun gemeinsam mit Benjamin Casper auf das Eintreffen des Kommissars, der es tatsächlich innerhalb weniger Minuten zu ihnen geschafft hatte. Sie begrüßten sich per Handschlag und boten Abel einen Kaffee an, den er aber dankend ablehnte.

»Okay, meine Herren, welche Neuigkeiten möchten Sie mir präsentieren?«

Erwartungsvoll schaute er Casper an und rieb sich die Hände.

»Ich habe vorhin rein zufällig den Spind eines ehemaligen Kollegen geöffnet und darin ein Foto von Nele gefunden«, schoss es nur so aus Casper raus. »Es wurde fein säuberlich mit Reißzwecken von innen an der Schranktür befestigt.«

»Wow, das ist wirklich eine umwerfende Nachricht, die mich glatt für den entgangenen Einkaufsbummel entschädigt«, pfiff Abel anerkennend. »Das würde ich mir gern selber aus nächster Nähe ansehen. Wo befindet sich besagter Spind?«

»Hier geht's entlang, Herr Kommissar«, beeilte sich Jan Taskiran zu sagen und eilte vorweg in den angrenzenden Raum. »Kommen Sie, ich zeige Ihnen den Spind.«

Mit einer Handbewegung forderte er den Beamten auf, ihm zu folgen.

»Ich war übrigens auch total perplex, als Benjamin mir vorhin das Foto zeigte.«

»Wir wissen natürlich nicht, ob es für Sie von großer Bedeutung ist, aber lieber einmal mehr die Polizei rufen, als einmal zu wenig, oder?«, meinte Benjamin Casper und folgte den beiden.

»Da haben Sie vollkommen Recht, lieber einmal mehr als einmal zu wenig. Sie glauben gar nicht, wie viele Leute sich nicht trauen die Polizei zu kontaktieren, aus

Angst ausgelacht zu werden. Dabei wäre es manchmal von größter Wichtigkeit für uns.«

Nachdem Maurice Abel sich Einweghandschuhe übergestreift und den Spind zunächst von außen inspiziert hatte, öffnete er die schmale Tür und schaute auf das Foto, welches die Größe eines DINA4-Formats besaß. Es zeigte Frau Homberg, wie sie das Haus in der Pasteurstraße verließ, in dem sie wohnte. Im Vordergrund war außer einer heruntergelassenen Autoscheibe auch noch ein Teil des Außenspiegels eines Fahrzeugs zu erkennen. Somit lag die Vermutung nahe, dass die Aufnahme aus einem Auto heraus gemacht wurde.

Nachdenklich betrachtete der Kommissar das Foto eingehend und kraulte sich nebenbei das Kinn.

»Haben Sie hier irgendetwas angefasst oder verändert?«, fragte er scheinbar nebensächlich und kramte sein Handy aus der Hosentasche, um den diensthabenden Beamten vom Erkennungsdienst anzurufen.

»Hallo Simon, Maurice hier«, sagte er knapp. »Es tut mir leid dich stören zu müssen, aber ich habe einen kleinen Auftrag für den besten Mann von der Spurensicherung.« Grinsend fügte er hinzu: »Du müsstest mal ins Krankenhaus kommen und hier ein paar Spuren sichern. Ist das möglich?«

Nachdem er eine zufriedenstellende Antwort erhalten hatte, beendete er das Gespräch.

»Gleich kommt noch ein Kollege von mir«, klärte er die beiden sprachlosen Hausmeister auf. »Der sucht hier nach ein paar Fingerspuren und wird sie aller Wahrscheinlichkeit nach auch finden. Es wäre zweckmäßig, wenn Sie den Schrank zwischenzeitlich nicht mehr berühren würden.«

Beinahe ehrfürchtig nickten beide gleichzeitig mit dem Kopf.

»Weiß zufällig einer von Ihnen, wem der Spind mal gehört hat?«

Hoffnungsvoll sah Abel von einem zum anderen.

»Ja, das war unser Vorgänger«, kam es wie aus der Pistole geschossen. »Sein Name ist Dominik Wanke.«

Wieder zurück auf der Dienststelle, gab der Kriminalkommissar die unvollständigen Personalien des ehemaligen Hausmeisters in den Polizeicomputer ein. Aufgrund diverser kleiner Straftaten war er als Jugendlicher mehrfach polizeilich in Erscheinung getreten und zu einigen Sozialstunden verdonnert worden. Vor fünf Jahren wurde er als Siebenundzwanzigjähriger wegen gefährlicher Körperverletzung zu einer Freiheitsstrafe von zwanzig Monaten verurteilt. Die Strafe wurde damals allerdings zur Bewährung ausgesetzt. Seitdem wurde es ruhig um ihn, zumindest offiziell.

Oder sich nicht erwischen lassen. Und so einer war im Krankenhaus als Hausmeister beschäftigt. Ist schon seltsam, dass man bei seiner Einstellung kein Führungszeugnis verlangt hat. Typische Behördenschlamperei.

Sorgfältig blätterte er die Akte weiter durch und stutzte bei einem Vermerk, der erst vor einem guten halben Jahr aufgenommen worden war.

Die Kollegen von der Schutzpolizei hatten Dominik Wanke während einer Verkehrskontrolle angehalten und überprüft. Weil er bereits aktenkundig war und sich auffallend nervös verhielt, nahmen sie ihn ziemlich genau unter die Lupe und befragten ihn unter anderem auch nach seinem Wohnsitz und dem derzeit ausgeübten Beruf. Wanke hatte eingeräumt, aufgrund psychischer Probleme seinen Job nicht mehr ausführen zu können, weil er den Anforderungen seines Berufes kaum noch gewachsen sei.

Dem aufmerksamen Beamten von der Schutzpolizei war eine gewisse Unruhe des Überprüften aufgefallen, die ihn dazu veranlasste, einen entsprechenden Vermerk aufzunehmen und diesen der Akte beizufügen.

Aus der Ermittlungsakte ging außerdem hervor, dass es sich bei Wanke um einen introvertierten Einzelgänger handele, der zum damaligen Zeitpunkt noch bei einer dominanten, alleinstehenden Mutter lebte. Diese hieß mit Vornamen Bettina und hatte nach dem frühen Tod ihres Mannes wieder den Mädchennamen Marz angenommen.

Abel verglich die Anschrift mit der Adresse aus der Personalakte des Krankenhauses und der aus dem Einwohnermeldebuch. Demnach sollte der Tatverdächtige nicht umgezogen und an bekannter Adresse aufzufinden sein.

Zügig entnahm er der Kriminalakte einen Lichtbildstreifen und steckte ihn sich in die Brusttasche seines Hemdes. Dann schnappte er seine Jacke und zog sie sich im Fortgehen über. Als er beim Kriminaldauerdienst vorbeikam, ging er einen kurzen Blick hinein.

»Hallo Klaus.«

»Grüß dich, Maurice.«

»Es kann durchaus sein, dass ich nachher mal eure Hilfe benötige. Ich muss heute Abend eventuell noch eine Durchsuchung starten.«

» Kein Problem.«

»Weißt du zufällig, welcher Staatsanwalt Dienst hat?«

»Staatsanwalt Krämer hat Bereitschaft. Brauchst du einen Durchsuchungsbefehl?«, fragte sein Kollege mit hochgezogenen Augenbrauen.

»Ja, das ist durchaus möglich«, erwiderte Abel und kratzte sich am Kinn. »Vielleicht benötige ich zusätzlich auch noch einen Haftbefehl. Habe aber vorher eine dringende Befragung durchzuführen.«

Bereits im Weggehen rief er ihm noch zu: »Ich melde mich nachher bei dir, aber falls du Krämer in der Zwischenzeit sehen solltest, kannst du ihn ja schon mal darauf vorbereiten.«

Lachend streckte er den Daumen in die Höhe.

»Alles klar, Herr Kommissar«, schallte es aus dem Büro des Kriminaldauerdienstes hinter ihm her.

Kommissar Abel hatte es eilig, in die Pasteurstraße zu kommen. Eigentlich wollte er Frau Brehme vorab telefonisch von seinem Besuch unterrichten, aber dazu blieb jetzt keine Zeit mehr.

In einer Parkbucht stellte er seinen VW Golf ab und begab sich zügig zum Hauseingang. Gerade, als er bei der alten Dame klingeln wollte, vernahm er das Geräusch des Türsummers und die Haustür öffnete sich wie von Geisterhand.

Er lachte bei der Vorstellung, dass ihn die neugierige Frau vermutlich schon vom Küchenfenster aus gesehen hatte. Immer gleich zwei Stufen auf einmal nehmend, eilte er die Treppe hinauf. Von oben drang ein leiser Ruf an sein Ohr.

»Was wollen Sie denn noch um diese Zeit hier, Herr Kommissar?«

»Ihnen ein Foto zeigen, Frau Brehme.«

»Na, dann kommen Sie mal rein, junger Mann.«

Wieder flitzte sie vor ihm her und deutete auf den alten Ledersessel.

»Wenn Sie mögen, dürfen Sie gern auf dem Platz meines verstorbenen Mannes sitzen.«

Beinahe ehrfürchtig schaute sie zu dem Bild an der Wand.

»Danke, Frau Brehme. Entschuldigen Sie bitte, dass ich Sie so spät noch störe, aber es ist sehr wichtig. Sie sind meine einzige Augenzeugin.«

Er machte eine kurze Pause und zog das Lichtbild aus seiner Brusttasche hervor. Langsam schob er es über den Tisch zu der alten Dame hin.

»Bitte sehen Sie sich die drei darauf abgebildeten Fotos ganz in Ruhe an, bevor Sie etwas dazu sagen.«

Die alte Dame rückte ihre Brille zurecht und nahm das Foto in die Hand. Ein überraschter Schrei entfuhr ihren Lippen und dann tippte sie aufgeregt mit dem Zeigefinger auf die Fotos.

»Jesses Maria, das ist er, Herr Kommissar. Ich erkenne ihn wieder! Er sieht in Wirklichkeit genauso aus wie auf diesem alten Bild.«

Bedächtig wiegte sie den Kopf hin und her.

»Vielleicht ein bisschen älter, aber sonst stimmt alles überein.«

Nach eingehender Betrachtung legte sie den Lichtbildstreifen vor sich auf die Tischplatte.

»Der sieht gar nicht aus wie ein Mörder, eher nett, wie der freundliche Nachbar von nebenan, wenn Sie verstehen was ich meine.«

Sie schielte über den Rand der Brille.

»Moment, er ist kein Mörder«, beeilte sich Abel zu sagen. »Jedenfalls war er es bislang nicht. Es könnte aber durchaus sein, dass er etwas mit dem Verschwinden von Frau Homberg zu tun hat. Mehr darf ich Ihnen dazu im Moment leider nicht mitteilen«, fügte er bedauernd hinzu. »Und Sie sind ganz sicher, dass er der Mann ist, der sich am Montagmorgen am Türschloss von Frau Homberg zu schaffen gemacht hat?«

»Natürlich bin ich mir sicher, Herr Kommissar«, entgegnete sie entrüstet. »Meine Augen sind vortrefflich, zumindest mit Brille oder vor dem Spion. Aber so einen wie den erkenne ich auf zehn Meter Entfernung auch noch ohne Sehhilfe. Na ja, und soweit war er ja auch wieder nicht weg, gelle.«

Augenzwinkernd schenkte sie ihm ein überzeugendes Lächeln.

»Das war es, was ich hören wollte, Frau Brehme«, atmete Abel erleichtert auf und erhob sich vom alten Sessel. »Sie haben mir mit Ihrer Aussage sehr geholfen. Dafür bin ich Ihnen ausgesprochen dankbar.«

Mit einer angedeuteten Verbeugung verabschiedete er sich von seiner wichtigsten Zeugin.

»Man tut was man kann, Herr Kommissar«, kommentierte sie seine Ausführungen und reichte ihm mit strahlender Miene die Hand. »Für Sie immer wieder gern.«

Auf dem Weg zu seinem Wagen holte er sein Handy aus der Tasche, um mit dem KDD zu telefonieren.

»Ja, ich bin's noch einmal, Maurice. Klaus, kannst du mir zur Unterstützung gleich deine Leute schicken? Im Falle der vermissten Nele Homberg müssen wir umgehend einen ehemaligen alten Bauernhof durchsuchen.«

»Klar, kannst du kriegen. Meine Truppe ist schon ganz heiß darauf«, meinte er. »Im Übrigen habe ich mit Staatsanwalt Krämer gesprochen, er befindet sich in seinem Büro und will unbedingt mit dir plaudern. Ich habe ihn über das Wesentliche aufgeklärt, er weiß also Bescheid und will in das Geschehen eingreifen.«

»Das ist ja großartig, es klappt alles wie am Schnürchen«, freute sich Abel. »Dafür hast du was gut bei mir. Am Freitag beim Fußballtraining gebe ich dir einen aus. Also, ich komm dann gleich zur Dienststelle und fahre zusammen mit euch zum Zielobjekt.«

»Bis gleich.«

So, nun muss ich nur noch Samira Bescheid geben, dass es mit unserem Italiener heute wohl nichts mehr wird.

Seufzend wählte Abel die Nummer seiner Freundin. Nachdem er dem Staatsanwalt den Sachverhalt geschildert und ihn von seinem Vorhaben überzeugt hatte, fand eine kurzfristig anberaumte Lagebesprechung statt. Abel, dem die Örtlichkeiten aus seiner Jugendzeit noch gut in Erinnerung waren, führte zusammen mit Staatsanwalt Krämer den Konvoi in einem Zivilwagen an.

Die Besatzungen der beiden folgenden Fahrzeuge bestanden aus insgesamt drei Beamten und einer Beamtin des Kriminaldauerdienstes.

Mittlerweile war es zwanzig Uhr und draußen herrschte Dunkelheit. Gegen Ende der unbefestigten Nebenstraße, die zum besagten Anwesen führte, nahmen die Schlaglöcher zu und Abel musste höllisch aufpassen, dass er den Wagen nicht festfuhr. Ein leiser Fluch kam über seine Lippen, den der Staatsanwalt mit einem Grinsen quittierte.

Den Motor und auch die Beleuchtung schaltete der Kommissar unmittelbar vor der Hofeinfahrt aus und ließ das Fahrzeug auf den Hof rollen. Die nachkommenden Dienstwagen hielten mitten in der Einfahrt an und blockierten somit den einzigen Fluchtweg, der für Verkehrsmittel infrage kam.

***

Die Freiheit praktisch vor Augen erreichte Nele die Haustür. Der Hund hatte sie zwar eingeholt, machte aber keine Anstalten sie anzugreifen, sondern beteiligte sich stattdessen an der gemeinsamen Flucht. Fassungslos stellte sie fest, dass die Tür verschlossen war und weit und breit kein Schlüssel greifbar schien. Wie eine Besessene trampelte sie mit den Schuhen gegen das Holz und hämmerte mit den Fäusten dagegen, bis sie nicht mehr konnte und völlig entkräftet auf die Knie sank.

Tränen der Hoffnungslosigkeit rannen unaufhaltsam über ihre Wangen und ließen sie an den Rand der Verzweiflung bringen.

Der Schäferhund zeigte ihr seine Anteilnahme, indem er ihre Tränen ableckte. Mit Halsband und Leine bewaffnet erreichte auch Dominik Wanke den Eingangsbereich. Die Gesichtsmaske hatte er unterwegs verloren, aber es war ihm offensichtlich nicht mehr wichtig unerkannt zu bleiben. Im Grunde genommen ahnte Nele schon eine ganze Weile, dass ihr Peiniger kein Unbekannter war. Warum sonst sollte er sein Gesicht vor ihr verbergen wollen.

Während seiner Zeit als Hausmeister hatten sie nie wirklich miteinander zu tun gehabt, denn er war ihr ebenso aus dem Weg gegangen wie sie ihm. Erst jetzt, von Angesicht zu Angesicht, wurde ihr klar, dass sie schon damals das Gefühl nicht los wurde, von irgendwem beobachtet und verfolgt zu werden.

Nele hockte auf dem Fußboden und hatte die Arme um die angezogenen Beine geschlungen. Dabei wiegte sie ihren Oberkörper sanft vor und zurück. Nahezu teilnahmslos sah sie ihm entgegen, wie er grinsend auf sie zukam und die Hundeleine einem Lasso ähnlich über seinem Kopf schwang.

»Du kleines Miststück«, knurrte er wütend und ließ die Leine auf Nele niedersausen.

Erschrocken schrie sie auf und versuchte die peitschenden Schläge mit den Händen abzuwehren. Doch er schien die Kontrolle über sich und sein Handeln verloren zu haben und hieb immer wieder auf sie ein. Als sie sich nicht mehr rührte und nur noch leise wimmerte, zerrte er sie an den Haaren hoch und schleifte sie hinter sich her.

»Du kannst froh sein, dass Mutter es gut mit dir meint und immer darauf achtet, dass unsere Gäste bestens behandelt werden.«

Er schleppte sie bis vor den Sessel der Alten und versetzte Nele einen Tritt in den Rücken, der sie schmerzvoll zusammenfahren ließ. Wie in Trance merkte sie, dass ihr von hinten etwas um den Hals gelegt wurde. Es war viel zu eng, schnürte ihr die Kehle zu. Ihre Hände berührten Nieten und Stacheln, die in Leder gestanzt waren. Sie musste den Kopf leicht nach hinten legen und strecken, damit es erträglich wurde.

Unverhofft ließ er von ihr ab. Nele wollte sprechen, sich nach Rapunzel erkundigen, wollte Interesse heucheln und sich zum Schein unterwerfen, sich notfalls sogar mit der Alten verbünden, nur damit sie keine weiteren Qualen erleiden musste. Aber so sehr sie sich auch bemühte, es kamen nur krächzende Laute über ihre trockenen, rissigen Lippen.

Die Alte schien sich über die Hilflosigkeit köstlich zu amüsieren. Sobald Nele im Begriff war Luft zu holen, zog die übergewichtige Frau einmal kräftig an der Leine, sodass nur noch ein leises Röcheln zu hören war.

»Hahahaha!«, grölte Bettina Marz und klatschte sich begeistert auf den Oberschenkel. »Das hat sie nun davon und darf einen unterwürfigen Hund spielen.«

Bei diesen Worten ließ sie ihren Stock auf Neles Oberarm sausen. »Ein Köter muss sich auch wie einer benehmen. Also sieh zu, dass du endlich auf deine Pfoten kommst, sonst mache ich dir Beine.«

Das schallende Gelächter glich dem Meckern einer Ziege und hallte in Neles Ohren nach. Nur unter großer Anstrengung gelang es ihr sich aufzurichten. Auf allen Vieren kroch sie zu der Alten und klammerte sich an deren Gewand fest.

»Bitte«, keuchte sie. »Bitte haben Sie doch etwas Mitgefühl und nehmen mir wenigstens das Halsband wieder ab, ich kriege ja kaum Luft und werde ersticken. Kraftlos fiel sie zur Seite und ergab sich in ihr Schicksal.«

»Es wird Zeit, dass ich meinem Schmusi Manieren beibringe und ihm zeige, wo sein Fressen steht. Danach gehen wir schön brav zusammen Gassi«, flötete die Alte plötzlich mit zuckersüßer Stimme und beugte sich zu Nele herab, um ihr eines Hundes gleich über den Kopf zu streicheln.

Ein lautes Knurren ließ die junge Frau erneut zusammenfahren. Der Schäferhund stand mit fletschenden Zähnen hinter ihr und knurrte die Alte an. Neles Herz vollführte einen Freudensprung und ließ sie für einen Augenblick ihr Leid vergessen. Hastig blickte sie sich um auf der Suche nach dem Sohn der Alten, von dem breit und weit nichts zu sehen war.

»Hilf mir, Hundi«, krächzte Nele und hoffte inständig, dass der Vierbeiner sie verstehen möge.

»Dominik!«, schrie die Alte hysterisch und versuchte das Tier mit dem Stock zu vertreiben. »Bring die verdammte Töle raus und erschieße das Mistvieh, es hat mich angeknurrt.

Unruhig flackerten ihre Augen hin und her, spiegelten Panik wider, während sie ungehalten auf das Erscheinen ihres Sohnes wartete.

»Wo bleibst du Idiot denn?!«, kreischte sie jetzt und strampelte mit den Beinen. Der schwarze Schäferhund bellte und knurrte im Wechsel. Er schien nur darauf gewartet zu haben, sich endlich einmal für die schlechte Behandlung revanchieren zu können.

Als der Stock ihn ein drittes Mal traf, setzte er zum Sprung an und biss sich in der Wade der Alten fest. Mit zitternden Fingern öffnete Nele den Verschluss ihres einschneidenden Halsbandes, dessen innere Noppen ihr Qualen bereitet hatten. Mehrmals hintereinander japste sie hektisch nach Luft, bevor ihr Atem allmählich wieder gleichmäßiger wurde. Weit entfernte Geräusche ließen sie für einen Moment in ihrer Bewegung innehalten und aufhorchen. Es klang, als würden sich Menschen miteinander unterhalten.

Nein, sie unterhalten sich nicht, sondern sie schreien durcheinander. Wie kann es möglich sein, dass ich Stimmen höre, wo doch niemand außer uns hier ist.

Während Bettina Marz noch immer wie am Spieß schrie, versuchte Dominik Wanke seinen Hund von ihr wegzuzerren. Doch der schien auch mit seinem Herrn noch eine offene Rechnung zu haben und biss ihn in die Hand.

Das Stimmengewirr indes näherte sich dem unheimlichen Raum, es wurde lauter, immer lauter und deutlicher. Die Stimmen derer schienen sich zu überschlagen. Es waren nur Wortfetzen zu verstehen wie umzingelt, ergeben, schießen, Polizei.

Für Nele war das alles zu viel, sie begriff überhaupt nichts mehr. Ein leichter Windzug streifte ihren Rücken und ließ sie verwundert aufschauen. Vor sich sah sie die Alte, deren Augen blankes Entsetzen widerspiegelten. Sie wollte von ihrem Sessel aufspringen und davonlaufen, aber mehrere Schatten huschten gleichzeitig auf sie zu und drückten sie zurück in das Polster. Ihr Sohn stand jammernd vor der Kommode und war mit der Versorgung seiner Bisswunde beschäftigt, als zwei Beamte auf ihn zustürmten und ihn festnahmen.

Wie paralysiert nahm die junge Frau alle diese Begebenheiten zur Kenntnis, unfähig, sich auch nur einen Zentimeter zu bewegen. Irgendwer legte behutsam seinen Arm um ihre Schultern und redete beruhigend auf sie ein. Jemand hob sie hoch und trug sie zu einer Trage, streichelte ihr behutsam über den Kopf. Eine sanfte Stimme raunte ihr liebevolle Worte ins Ohr, Worte, die sie lange vermisst hatte und die sie zu Tränen rührten.

»Keine Angst, Nele. Sie sind in Sicherheit. Wir kümmern uns um Sie. Es ist vorbei, alles wird gut.«

Eine Menschenmenge bahnte sich ihren Weg aus dem Kino in die Dunkelheit bei Nacht. Die Kinobesucher stoben vor dem Ausgang in alle Himmelsrichtungen davon. Die beiden letzten, die das Gelände verließen, waren Felia und Valentina.

Nachdem Valentina vor einem Jahr aus Süderbrerap weggezogen war, sahen sich die beiden jungen Frauen nur noch selten. An diesem Wochenende war sie jedoch bei Felia zu Besuch und wollte gemeinsam mit ihr die Premiere des auf Tatsachen beruhenden Thrillers anschauen, der an diesem Wochenende in Deutschlands Kinos anlief.

Ganz zwei Jahre sind die Gräueltaten nun schon her.

»Mensch, das war ja wohl ein klasse Thriller«, gab Valentina gut gelaunt zum Besten. »Ich hätte nie gedacht, dass sie die Geschichte um Dominik Wanke verfilmen würden.«

Sie hakte sich bei Felia unter.

»Vor allem, wenn man sich mal vorstellt, dass die Handlung genau so passiert ist, wie sie im Film dargestellt wurde. Das ist ganz schön gruselig, oder?«

»Ja, du hast Recht«, antwortete Felia. »Kaum zu glauben, dass sich etwas so Grauenvolles in unserem beschaulichen Süderbrerap ereignet hat. Aber alles haben sie auch nicht gezeigt.«

»Inwiefern? Was meinst du?«, hakte Valentina neugierig nach.

»Na ja, immerhin hat Bettina Marz damals bei der Festnahme einen Herzinfarkt erlitten und ist auf dem Weg ins Krankenhaus verstorben.«

»Ach, das wusste ich ja gar nicht«, erwiderte Valentina erstaunt.

»Aber gar nicht mal so schlecht für die Alte, somit ist ihr zumindest das Gefängnis erspart geblieben. Und weißt du vielleicht auch, was aus ihrem Sohn geworden ist?«

»Er wurde in die Psychiatrie eingewiesen und hat bei seiner Verurteilung geschworen, den Tod seiner Mutter zu rächen. Außerdem kündigte er damals an, jede Frau mit bloßen Händen zu erwürgen, die ihm nach seiner Entlassung zwischen die Finger kommt.«

»Ui, das ist ja mal eine handfeste Drohung, aber wie soll er die wahrmachen, wo er doch hinter Schloss und Riegel sitzt?«

»Wer weiß das schon so genau. Ich habe jedenfalls vor ein paar Tagen bei der Arbeit gehört, dass er während eines Zahnarztbesuches getürmt sein soll.«

»Was? Ach, das glaubst du doch selber nicht. Das ist bestimmt wieder so ein Gerücht, das einer in die Welt gesetzt hat, um den Filmstart attraktiver zu gestalten.«

»Keine Ahnung, ich weiß es nicht«, entgegnete Felia schulterzuckend.

»Sieh mal«, flüsterte Valentina geheimnisvoll. »Da vorne beginnt der Park. Was meinst du, wollen wir dem Thriller noch die Krone aufsetzen und durch die Grünanlage zu dir nach Hause laufen?«

Kichernd knuffte sie ihre Freundin in die Rippen.

»Ach, ich weiß nicht«, zögerte Felia. »Was ist, wenn das Gerücht gar keins ist und der Kerl wirklich ausgebüxt ist? «

»Dann wird er bestimmt etwas Besseres zu tun haben, als bei dieser kalten Jahreszeit im Dunkeln ausgerechnet auf uns beide zu warten«, versuchte Valentina die Freundin zu überreden. »Komm, sei doch keine Spielverderberin.«

»Okay, dann lass uns die Abkürzung nehmen«, antwortete Felia nach kurzem Zögern und zog ihren Besuch mit sich.

»Aber beklage dich hinterher nicht, dass es da im Park zu finster ist.«

»Nee, das werde ich ganz bestimmt nicht«, griente Valentina und ergriff Felias Hand. »Auf geht's. Nimm dich in Acht, Dominik Wanke, hier kommen die mutigen Heldinnen Felia und Valentina, die dir eins auf die Nase geben werden!«

Wie zwei gackernde Hühner trippelten sie auf den Eingang zu. Valentina zückte ihr Handy, begab sich in Selfie-Position und postete via Instagram ihr Betreten des Parks.

»Hashtag-Idee?«, fragte Valentina ihre Freundin.

»Hör auf damit, das ist nicht witzig.«

»Jetzt aber, Spaß muss sein. So, erledigt«, entgegnete sie Felia. »#fatalmistake«

Der Winter zeigte sich nun seiner ganzen Seite. Dezember 2017. Die alte Holztür knarrte beim Öffnen. Dunkelheit empfing Dominik Wanke ebenso wie modriger Geruch von feuchtem Holz. Vorsichtig langte er nach der Petroleumlampe, die er bei seinem letzten Besuch neben der Eingangstür auf einem Regal abgestellt hatte.

Er grinste, als er sie zu fassen bekam und tastete mit der anderen Hand nach der Streichholzschachtel, die in unmittelbarer Nähe lag. Vorsichtig stellte er die Lampe auf den Tisch, um die Glaskuppel zu entfernen und den Docht mit einem Streichholz anzuzünden.

Fasziniert beobachtete er, wie die Flamme größer wurde und den einzigen Raum in Dämmerlicht tauchte. Leise zog er die Tür hinter sich ins Schloss und verriegelte sie von innen mit dem Querbalken.

Am gegenüberliegenden Ende der Hütte stand eine große, am Boden fest verankerte Holztruhe, auf die er gezielt zusteuerte. Mühelos hob er den Deckel an und beugte sich herab, um einen alten Kartoffelsack zur Seite zu schieben. Dann zog er an dem Strick der Holzklappe, unter welcher sich ein Einstieg in die Tiefe befand.

Eisige Kälte schlug ihm aus dem Kellergewölbe entgegen. In gebückter Haltung zwängte er seinen hochgewachsenen, kräftigen Körper hindurch und blieb auf der dritten Stufe der Treppe stehen.

In aller Ruhe schloss er zunächst wieder den Deckel der Truhe und versperrte ihn von innen mit einem

Metallschieber. Nach zwei weiteren Stufen verbarrikadierte er die Luke und stieg in das Gewölbe hinab. Von hier aus gelangte er in eine kleine Kammer, die ihm während seiner Kindheit als Rückzugsort vor seinem tyrannischen Vater gedient hatte.

Die alte Matratze von damals befand sich noch immer in der Ecke. Auf ihr lagen ein Kissen und eine schäbige Wolldecke. Die Feuchtigkeit der letzten Jahre sorgte für modrigen Geruch, der ihn aber nicht sonderlich störte. Mit der Lampe leuchtete er die Räumlichkeit aus. Ihr Schein erfasste ein Regal, dessen Bretter mit Konserven gefüllt waren. Darunter standen zahlreiche Flaschen Wein und eine Kiste Mineralwasser.

Nachdem er das Belüftungsrohr kontrolliert hatte, grunzte er zufrieden und schlich durch den schmalen unterirdischen Gang zu dem eigentlichen Gehöft.

Obwohl er mehr als zwei Jahre nicht mehr hier gewesen war, empfand Wanke die Zeit als wesentlich kürzer. Es erschien ihm wie gestern oder vorgestern. Lediglich die Unordnung im Theaterzimmer seiner Mutter deutete auf das Geschehen von damals hin.

Es versetzte ihm einen Stich ins Herz, das Durcheinander zu sehen. Wütend ballte er die Fäuste bei dem Gedanken an den alles entscheidenden Abend, an dem die Bullen während einer Vorstellung das Haus gestürmt hatten.

Die äußerst brutale Vorgehensweise würde für immer in seinem Schädel eingebrannt sein. Diese Bestien hatten ihn und Bettina auf hinterhältige Weise ausspioniert und hinterrücks überrumpelt. Noch heute dachte er mit Grauen an diesen Tag zurück und spuckte angewidert auf den Fußboden. Vor dem Thron seiner Mutter kniete er nieder und trommelte mit den Fäusten auf die Sitzfläche.

»Ich werde dich rächen, Mutter, das verspreche ich dir hoch und heilig. Du wirst stolz auf mich sein.«

Zornig stemmte er sich hoch und schleuderte einen Karton mit Theaterkostümen durch die Gegend. Das obenauf liegende blaue Kleid, welches sein letztes Opfer während der verhängnisvollen Aufführung getragen hatte, fiel unmittelbar vor ihm auf den Boden. Hastig bückte er sich danach und hob es auf, um den Duft der beiden Trägerinnen tief einzuatmen.

Mutter, ich werde dafür sorgen, dass dieses Kleid nicht in der Versenkung verschwindet, sondern von einer würdigen Nachfolgerin getragen wird. Das schwöre ich bei Gott, so wahr wie ich Dominik Wanke heiße.

Nachdem er das Notwendigste aus dem Wohnhaus zusammengesucht hatte, kehrte er wieder in seinen Unterschlupf zurück. Hier fühlte er sich sicher und hier würde ihn so schnell niemand finden. Um die Polizeisiegel an den Haupttüren nicht zu brechen und um seine Anwesenheit nicht zu verraten, war er durch den Geheimgang geschlichen.

Im Theaterzimmer richtete Wanke alles wieder so her, wie er es bei seinem Eintreffen vorgefunden hatte. Seit damals schien niemand mehr dieses Haus betreten zu haben. Das blaue Chiffonkleid nahm er mit und hängte es in seinem Unterschlupf auf einen Bügel, der am Regal befestigt war.

Während er es genüsslich betrachtete, köpfte er eine Flasche Wein und trank sie mit wenigen Schlucken gierig aus. Auf dem Spirituskocher wärmte er eine Dose Erbsensuppe auf und schlürfte sie nebenbei leer.

Richtig geil, dieser Eintopf, wie früher bei Mutter. Es geht doch nichts über echte Hausmannskost.

Während er rülpste, kratzte er sich genießerisch die Klöten und kramte unter der Matratze ein vergilbtes Pornoheft hervor.

Wenn ich nicht bald etwas lümmeln kann, drehe ich noch durch. Drei Tage sind seit meiner Flucht vergangen und es ist nicht davon auszugehen, dass die Bullen noch immer nach mir suchen. Sie werden glauben, dass ich irgendwo untergetaucht bin, aber nicht glauben, dass ich schlauer bin als sie und mich ganz in ihrer Nähe aufhalte.

***

Valentina und Felia quatschten unterwegs über alte Zeiten, in denen sie beinahe täglich etwas gemeinsam unternommen hatten. Sie kannten sich von Kindesbeinen an und waren während der Schulzeit unzertrennlich gewesen.

»Mensch, ich hätte echt nicht gedacht, dass es hier im Park derart dunkel ist, dass man kaum die Hand vor Augen sehen kann«, sagte Felia und ließ Valentinas Hand los, um sich bei ihr einzuhaken.

»Wieso brennen die Laternen eigentlich nicht? «

138

»Ach, das ist ja gerade das Schöne an der Sache«, lachte Valentina und boxte die Freundin in die Seite. »Heutzutage wird an allen Ecken und Enden rigoros gespart und bei der Beleuchtung sowieso. Meinst du, das ist sonst wo anders?«

Sie schüttelte heftig ihren Kopf, sodass die langen blonden Haare Felias Wange streiften.

»Komisch, dass man sich für einen Kinobesuch derart aufbrezelt«, fügte Valentina hinzu. »Und dann noch bei einem Thriller, wo einem eh das Blut in den Adern gefriert«, prustete sie los und kriegte sich kaum wieder ein.

»Wie spät ist es eigentlich?«, fragte Felia unverhofft und zog noch einmal kräftig an der Kippe, bevor sie den Stummel auf den Kies warf und mit der Schuhspitze austrat.

»Der Film war um zweiundzwanzig Uhr vorbei. Demzufolge müsste es jetzt circa zweiundzwanzig Uhr dreißig sein«, schlussfolgerte die Blondine. »Komm, lass uns endlich weitergehen, es friert gewaltig. Mit etwas Beeilung sind wir in zwanzig Minuten bei dir zu Hause und können noch einen von deinen leckeren Cocktails trinken.«

»Oh ja, darauf freue ich mich doch selber schon den ganzen Tag und hätte es beinahe vergessen.«

Eilig zog Felia ihre Freundin mit sich. »Du meine Güte«, jammerte sie bereits nach wenigen Metern.

»Es muss einige Jahre her sein, dass ich das letzte Mal im Dunkeln hier langgegangen bin. Ist ja ätzend, man sieht wirklich kaum etwas.«

»Nun stell dich nicht so an«, konterte Valentina und löste sich aus Felias Umklammerung. »Viel schlimmer ist, dass ich ausgerechnet jetzt mal für kleine Mädchen muss.«

»Du willst doch wohl nicht mitten auf den Weg pinkeln?«, empörte sich Felia.

»Ach Quatsch. Natürlich werde ich mich wie eine feine Dame etwas abseits vom Geschehen hinter einen Busch hocken. Blöd ist nur, dass ich überhaupt nicht mitkriege, wohin ich trete.«

Spaßeshalber streckte sie die Arme aus und tastete sich mit geschlossenen Augen vorwärts. »So geht es auch«, lachte sie und verschwand in der Dunkelheit, um gleich danach wieder aufzutauchen. »Also, ich warte dann doch lieber, bis wir bei der Unterführung angelangt sind, da ist es etwas heller, zumindest sieht das aus der Ferne so aus.«

»Hast du das gehört, Valentina?«, flüsterte Felia und drückte ihren Körper ganz dicht an ihre Freundin. »Da hat was geraschelt.« Mit angehaltenem Atem lauschten die beiden Fünfundzwanzigjährigen gemeinsam in die Finsternis hinein.

»Du spinnst doch«, lachte Valentina und tippte sich an die Stirn.

»Halt!«, kreischte Felia in einem Anflug von Verzweiflung und hinderte ihre Freundin am Weiterlaufen. »Da war es gerade eben wieder, es ist ganz in unserer Nähe. Hör doch mal genauer hin.« Ihre Stimme klang weinerlich.

»Och nein«, regte sich Valentina auf und befreite sich genervt aus Felias Klammergriff. »Du warst schon als Kind eine Memme und hast wegen jedem bisschen gleich losgeheult. Ich dachte, das hättest du mittlerweile in den

Griff bekommen. Wenn wir weiterhin so langsam vorankommen, piesle ich mir noch in die Hose.«

Suchend schaute sie sich um.

»Also, ich geh jetzt erst einmal für kleine Mädchen und du wartest hier schön brav auf mich.«

Bevor Felia noch etwas erwidern konnte, war Valentina auch schon verschwunden. Sie schämte sich insgeheim für ihre Ängstlichkeit, wagte aber nicht noch einmal zu protestieren. Um sich abzulenken und gleichermaßen aufzuwärmen, hüpfte sie leicht auf der Stelle und zählte bis hundert. Dabei schloss sie die Augen und hoffte auf eine schnelle Rückkehr ihrer Freundin. Als sie den Kies knirschen hörte, atmete sie erleichtert auf.

»Puh, bin ich froh, dass du wieder da bist. Hat ganz schön lange gedauert.«

»Wen hast du denn erwartet, kleines Miststück?«, säuselte eine männliche Stimme nicht weit entfernt von ihr.

»Wer, wer sind Sie? Was wollen Sie von mir?«, krächzte Felia erschrocken und wich automatisch zurück, bis es nicht mehr weiterging und sie gegen einen Baum prallte.

Die Arme seitlich von sich gestreckt, suchten ihre Finger Halt an der Rinde. Panische Angst trieb ihr den Schweiß auf die Stirn und ließ ihren Körper erzittern.

»Valentina, Valentina, wo bist du?!«, schrie sie so laut wie möglich und reckte ihren Kopf hoffnungsvoll in die Höhe, so als könne sie dadurch schneller auf sich aufmerksam machen und dem drohenden Unheil Einhalt gebieten.

»Hiiiiiiiiiilfe! Valentiiiiiiiiina, so hilf mir doch!«

141

Verzweifelt versuchte sie den Stamm zu umrunden, doch der Baum stand unmittelbar am Ententeich und hinderte sie an ihrem Vorhaben. Zentimeter für Zentimeter kam die hünenhafte Gestalt auf sie zu und streckte die Hände nach ihr aus.

»Brauchst gar nicht so zu schreien, du elende Schlampe«, dröhnte es in ihren Ohren. »Deine kleine Freundin kann dir auch nicht helfen, sie ist nämlich nicht so mutig, wie sie tut.«

Er lachte schallend.

»Aber die hole ich mir auch noch, sobald ich mit dir fertig bin.«

Felia duckte sich blitzartig und versuchte seitlich an ihm vorbeizukommen, aber seine ausgebreiteten Arme verhinderten ein Davonlaufen. Ihr Herz raste und drohte zu zerspringen, während Angst ihr die Kehle zuschnürte und sie am nochmaligen Rufen hinderte.

Wie eine Wilde hämmerte sie mit den Fäusten auf seinen Brustkorb ein, bevor ein brutaler Schlag ins Gesicht sie von den Füßen holte. Ein heftiger Schmerz durchflutete ihren Körper und ließ sie für einen Augenblick Sterne sehen. Der Schuh des Angreifers hatte sie zwischen den Rippen getroffen.

Stöhnend wälzte sich Felia von einer Seite auf die andere, bevor sie an der Jacke gepackt und brutal nach oben gezerrt wurde. Benommen registrierte sie den Geruch von Alkohol und wünschte sich nichts sehnlicher, als das Erwachen aus diesem Albtraum. Riesige Pranken legten sich wie ein Schraubstock um ihren Hals und schnürten ihr die Kehle zu.

Ich kriege keine Luft. Der bringt mich um. Valentina, wieso hilfst du mir nicht?

Verzweifelt versuchte Felia sich durch Fußtritte zu wehren, ihr Gegenüber zu kratzen und den stählernen Griff zu lockern, indem sie ihre Finger zwischen Hals und Hände grub. So lange, bis die Kraft nachließ und ihr schwarz vor Augen wurde.

Wanke genoss ihren Todeskampf, spielte mit ihrem Leben, indem er seine Daumen mal fester und mal weniger heftig zum Einsatz brachte. Als ihre Augäpfel hervorzuquellen drohten, brach er ihr ruckartig das Genick. Das Geräusch erinnerte ihn an das Knacken eines Astes.

Erst, als er ihres Todes sicher sein konnte, ließ er den leblosen Körper zu Boden gleiten. Hastig öffnete er den Reißverschluss seiner Jacke und zog das blaue Kleid darunter hervor, um es der Toten mit einem triumphierenden Grinsen überzuziehen. Mordlust stand ebenso in seinen Augen, wie die Gier nach einem nackten Frauenkörper.

So, Mutter, dieses Opfer ist nur für dich. Es soll dich an Rapunzel und Schneewittchen erinnern. Ich habe mein Versprechen eingehalten. Aber die nächste Schlampe gehört deinem Jungen ganz allein und die werde ich mir jetzt holen.

Valentina kauerte hinter dem Busch und zitterte wie Espenlaub. Nur wenige Meter trennten sie von dem schrecklichen Geschehen.

Entsetzt musste sie mit anhören, wie ihre Freundin verzweifelt um Hilfe schrie. Die barsche Männerstimme und Felias fürchterliche Rufe lähmten sie in ihrem Handeln. Sie war einfach nicht in der Lage, sich aus der Starre zu befreien. Somit konnte sie auch nicht ihr Handy nutzen und Hilfe rufen.

Oh, was bin ich doch ein Feigling!

Valentina heulte und schlotterte vor Angst, während ihre Finger fieberhaft die Hosentasche nach dem Handy durchsuchten, aber nicht fündig wurden.

Es muss beim Herunterziehen der Hose aus der Hosentasche gefallen sein. Es ist so dunkel, ich sehe nichts auf dem Boden. Was mach ich bloß? Was geschieht hier? Wie soll ich ohne Handy Hilfe holen? Oh mein Gott, hoffentlich ist Felia nichts Schlimmes passiert, ich höre gar nichts mehr.

Valentina lauschte angestrengt in die Dunkelheit hinein. Seit einigen Minuten war die Geräuschkulisse einer beklemmenden Stille gewichen. Lediglich das Klappern ihrer Zähne drohte sie zu verraten. Vorsichtig kroch sie hinter dem Busch hervor.

Wenn ich nur wüsste, wo dieser Kerl jetzt ist. Bitte, lieber Gott, mach, dass er sie nicht vergewaltigt hat. Womöglich ist er noch da und lauert auch mir auf.

Obwohl der jungen Frau eigentlich kalt war, begann sie zu schwitzen.

Oder bilde ich blöde Kuh mir das alles wegen dem Thriller ein?

Ein fester Kniff in den Arm verlieh ihr Gewissheit.

Fuck, es ist Realität.

Geräuschlos streifte sie ihre Pumps von den Füßen.
Den Linken schob sie unter einen Busch und den
Rechten nahm sie zur Verteidigung in die Hand. Gerade,
als sie sich aufrichten wollte, raschelte es nicht weit von
ihr entfernt. Mucksmäuschenstill verharrte sie in der
Bewegung.

*Das ist nur der Wind, Valentina, mach dich nicht verrückt.
Der Typ weiß doch gar nicht wo du bist.*

***

Wanke hatte sich von hinten an sein auserwähltes Opfer
herangeschlichen. Nicht nur, dass er sich nahezu lautlos
bewegen konnte, war er auch in der Lage ohne Licht
auszukommen. Ganz bewusst hatte er als Hausmeister in
der Klinik auf Beleuchtung verzichtet und war gezielt im
Dunkeln durch die Kellergänge marschiert, um sich auf
diese Art von Einsätzen vorzubereiten.

Valentina ahnte nicht, dass er direkt hinter ihr lauerte
und nur auf einen geeigneten Moment des Zugreifens
wartete. Er genoss ihre Angst, wie sie hinter dem Busch
hockte und sich nicht hervortraute.

Ausgerechnet die mit der großen Klappe zeigte jetzt
ihr wahres Gesicht. Sie war doch vorhin diejenige, die
unbedingt durch den Park spazieren wollte. Von Beginn

an war er ihnen gefolgt und hatte nur auf den richtigen Zeitpunkt gehofft, um endlich zuschlagen zu können. Sie würde ihm nicht so leicht davonkommen wie sein erstes Opfer des Abends, mit ihr hatte er etwas ganz Besonderes vor.

Schade, dass ich nur ein Kleid mitgenommen habe. Sonst hätten wir zwei Hübschen ein bisschen Theater miteinander spielen können. Aber was nicht ist, kann ja noch werden.

Seine Chance war gekommen, als sie sich die Schuhe auszog. Wie ein Raubtier sprang er mit einem Satz auf sie zu und schmiss sie zu Boden. Die junge Frau schrie wie am Spieß und hieb mit ihrem Pumps auf ihn ein. Ein Schlag traf ihn an der Schulter, was ihn fuchsteufelswild machte.

»Du verdammtes kleines Biest, das wirst du mir büßen«, knurrte er und verpasste ihr einen Fausthieb ins Gesicht. »Du kannst dich wehren so viel du willst, es wird dir nichts nützen.«

Trotz des ohnmächtigen Schmerzes kämpfte Valentina mit Händen und Füßen gegen den Unbekannten. Als er ihr den Schuh entreißen wollte, gruben sich ihre Zähne fest in das Fleisch seiner Hand. Er schrie auf und ließ kurz von ihr ab.

Diesen Moment nutzte sie, um aufzuspringen und ihm ihr Knie in den Unterleib zu rammen. Er heulte auf und ging zu Boden. Valentina rannte so schnell sie konnte zum Weg hinunter. Ohne sich auch nur ein einziges Mal umzudrehen, hetzte sie auf die in der Ferne liegende, beleuchtete Unterführung zu.

Ich muss hier weg, einfach nur weg und unbedingt Hilfe holen.

Unterwegs verlor sie den Schuh, den sie bis eben krampfhaft festgehalten hatte. Sie spürte nicht den Kies, der sich in ihre Fußsohlen bohrte, ignorierte den brennenden Schmerz im Gesicht. Blut lief ihr aus Mund und Nase. Sie missachtete alles, hastete um ihr Leben, traute sich nicht anzuhalten, lief nur weiter. Sie näherte sich der Fußgängerunterführung, wärmendes Licht war zu sehen. Valentinas Herz klopfte, ihre Lunge brannte und in ihren Ohren rauschte ein Wasserfall.

Lieber Gott, bitte lass es mich schaffen. Ich muss doch für Felia Hilfe holen, ich kann sie nicht im Stich lassen.

Jetzt konnte sie den Tunnel sehen. Nur noch wenige Meter davon entfernt, stolperte sie über einen Knüppel und fiel der Länge nach hin.

Scheiße, verdammte Scheiße. Nur jetzt nicht aufgeben, immer weiterlaufen. Ich schaffe das, ich muss es schaffen. Meine Hose ist kaputt, ach egal, es sieht mich ja keiner hier im Dunkeln. Es ist der helle Wahnsinn, was für bekloppte Gedanken mir ausgerechnet jetzt durch den Kopf jagen.

So schnell wie möglich quälte sie sich wieder hoch und lauschte eine Sekunde lang. Ihr Verfolger schien aufgeholt zu haben, knirschende Laute hallten von irgendwo her. Ein kurzer Blick nach hinten und schon hetzte sie weiter.

Lauf, Valentina, du musst laufen, noch schneller laufen, sonst kriegt er dich.

Der Tunnel war zum Greifen nah, nur noch wenige Schritte trennten sie voneinander. Sie jubilierte innerlich.

Sobald ich da durch bin, ist es nicht mehr weit bis zu den Häusern. Dann kann ich laut um Hilfe rufen. Nur nicht schon jetzt, das kostet unnötig Kraft und sagt dem Schwein wo es mich findet.

Unverhofft tauchte wie aus dem Nichts ein Schatten vor ihr auf. Der Umriss einer lang aufgeschossenen Gestalt, die mitten auf dem Weg zu stehen schien.

Vielleicht ist es ein Spaziergänger, der mir helfen kann.

So plötzlich dieser Gedanke aufgetaucht war, genauso schnell verschwand er auch wieder. Sie ahnte, dass dieser Mensch nichts Gutes im Schilde führte und sie wusste mit einem Mal, wen sie vor sich sah und dass es kein Entrinnen gab. Vor Jahren hatte sie einmal versucht, eine Abkürzung jenseits der Unterführung zu nehmen, aber die führte zu beiden Seiten durch einen tiefen Graben voller Morast.

Mir bleibt keine Wahl, ich muss den Typen rammen, und ihn schocken, um überhaupt eine Chance zu haben.

Geistesgegenwärtig rannte sie auf den Schatten zu und stieß ihm mit aller Kraft ihren Kopf in den Bauchraum. Zu ihrer Verblüffung machte es ihm offenbar nichts aus, denn er geriet nicht einmal ins wanken. Dabei kam es Valentina so vor, als wäre sie soeben mit einer Betonwand kollidiert. Ein höllischer Schmerz durchzuckte ihre rechte Hand, die irgendwie zwischen die Fronten geraten und vermutlich verstaucht war.

»Hey, hey, hey, nicht so stürmisch, du kleines Miststück«, knurrte Wanke. »Du hast wohl gedacht mir entkommen zu können, aber das lasse ich nicht zu.«

Er hatte sie mitten aus dem Lauf herausgerissen und zu Boden geworfen. Erbarmungslos schlug er auf sie ein, immer und immer wieder, bis Valentina das Bewusstsein verlor. Mit einem einzigen Ruck brach er auch ihr das Genick. Beim hässlichen Knackgeräusch verzog er für einen Augenblick angewidert das Gesicht, bevor er seinen ausgetüftelten Plan in die Tat umsetzte.

Hastig hob er den zierlichen Körper auf und schleppte ihn einige Meter zurück in die Dunkelheit des Parks. Hinter einem Busch legte er ihn ab und entkleidete den Unterleib, um sich an ihm zu vergehen. Es dauerte nur wenige Sekunden, bis Dominik Wanke seinen Höhepunkt erreicht hatte und sich dann hektisch wieder die Hose hochzog.

Verachtungsvoll spuckte er auf den leblosen Körper.

»So Mutter, nun habe auch ich meinen Spaß gehabt und zwar mit der gleichen Schnelligkeit, wie du sie mir zu Hause immer abverlangt hast.«

Grinsend machte er sich auf den Weg in Richtung Ausgang.

Zum letzten Mal ging Herr Federkeil an diesem Abend mit seinem Rüden Falk die übliche Runde durch den Park. Mensch und Hund befanden sich bereits auf dem Rückweg, als Falk unruhig wurde und kläffend zum Teich lief.

»Pscht, Falk«, ermahnte Herr Federkeil ihn. »Du kannst doch um diese Zeit nicht mehr so laut bellen, weckst damit ja die Leute vor dem Fernseher auf. Du benimmst dich doch sonst wie ein gut erzogener Hund.«

Aber anstatt dem Wunsch seines Herrchens Folge zu leisten, wurde das Gebell immer lauter und energischer. Neugierig richtete der alte Mann den Strahl seiner schwarzen Taschenlampe, die er für die Bundeswehrzeit von seinem Vater einst bekam, auf die stille Wasseroberfläche.

»Ich verstehe deine Aufregung nicht, was hast du denn bloß?«, versuchte er den ungewohnt aufgebrachten Vierbeiner zu besänftigen und tätschelte ihm den Kopf.

»Komm, sei ein braver Hund und lass uns nach Hause zu Frauchen gehen, sie wartet auf uns.«

Er fasste ihn kurzerhand am Halsband und wollte ihn von dem Teich fortziehen. Doch je mehr er zog, desto heftiger sträubte sich der Hund dagegen und begann zu fiepen.

Fassungslos schüttelte Herr Federkeil den Kopf.

»Falk, was ist denn nur in dich gefahren? So kenne ich dich ja gar nicht.«

Ratlos nahm er erneut die Taschenlampe zu Hilfe und leuchtete das Gewässer noch einmal etwas intensiver ab.

»Du lieber Himmel, was schwimmt denn da im Teich?«

Er versuchte näher an das Wasser zu gelangen, befürchtete aber bei dieser Aktion selber hineinzufallen.

»Mein guter Falk, das sind keine Enten, also besteht absolut kein Grund sich so aufzuregen«, wirkte er auf seinen Labrador ein.

»Es sieht eher aus wie ein Sack, oder so etwas Ähnliches. Aber warte mal, das schauen wir uns noch genauer an, allerdings müssen wir zu diesem Zweck auf die Holzbrücke gehen.«

Nachdem er seine Brille zurechtgerückt hatte, eilte er zusammen mit seinem Hund zum fünfzig Meter entfernten Steg und glaubte seinen Augen nicht zu trauen.

»Das darf doch nicht wahr sein!«, rief er entsetzt aus und griff sich ans Herz. »Da schwimmt ein Mensch. Haaaalllloooo!? Können Sie mich hören?«

Angespannt lauschte der alte Mann in die Stille hinein. Das leise Plätschern des Wassers und der leichte Wind waren die einzig wahrzunehmenden Geräusche. Das Treibgut in Form eines leblosen, menschlichen Körpers irritierte Hund und Herr gleichermaßen. Unbeholfen sah Herr Federkeil zu dem Labrador hinunter und kratzte sich am grauen Bart.

»Was meinst du Falk, sollen wir wohl besser die Polizei rufen?«

Schnell leinte er seinen Vierbeiner an und zog ihn vom Gewässer fort.

»Komm, wir müssen uns beeilen, hoffentlich ist Frauchen noch wach. «

***

»Kriminalkommissariat Süderbrerap, Kommissar Gunnar am Apparat. Was kann ich für Sie tun?«, meldete sich eine tiefe Stimme.

»Ja, ich wünsche einen guten Abend«, beeilte sich Herr Federkeil zu sagen. »Mein Name ist Federkeil, Franz Federkeil. Ich bin zweiundachtzig Jahre alt, wohne in der Waldstraße und möchte eine wichtige Meldung machen.« Er holte tief Luft und wartete auf eine Aufforderung weitersprechen zu dürfen.

»Um was geht es denn, Herr Federkeil?«

»Ich bin eben mit meinem Hund Falk im Park Gassi gegangen und auf dem Rückweg hat er sich entgegen seiner Gewohnheit zum Teich begeben, quasi ohne Zustimmung, müssen Sie wissen. Er ist sonst sehr folgsam, aber diesmal war es halt anders.«

Er räusperte sich.

»Und warum hat er nicht auf Sie gehört, Herr Federkeil?«

Die Stimme des Beamten klang erstaunt.

»Na ja, er lief wie gesagt zum Entenreich und begann recht laut zu bellen. Ich bin dann hin, um zu sehen, was ihn denn so aufregt.«

Seine Stimme überschlug sich fast und sein Asthma machte ihm zu schaffen.

»Und ob Sie es glauben oder nicht, da leuchte ich mit der Taschenlampe das Wasser ab und entdecke ein Nachthemd oder so etwas Ähnliches.«

»Hm, sind Sie sicher, dass es sich tatsächlich um ein Bekleidungsstück handelt? Immerhin ist es draußen stockdunkel.«

»Meine Augen sind für einen über Achtzigjährigen noch recht gut«, begehrte der alte Mann auf. »Und deshalb bin ich sogar überzeugt, dass es sich um ein Frauenkleidungsstück gehandelt haben muss, allerdings war es relativ stark aufgebläht, wie ein Ballon.«

Wieder legte er eine kurze Pause ein, um laut und vernehmlich Luft zu holen. Das Rasseln seiner Lunge verstärkte sich im Erregungszustand. »Und wenn mich nicht alles täuscht, würde ich sogar meinen, einen Kopf und Gliedmaßen daran entdeckt zu haben.«

»Oh, das ändert natürlich einiges«, erwiderte der Beamte und wirkte plötzlich sehr aufmerksam. »Wenn ich Sie richtig verstehe, sind Sie also der Meinung, im Ententeich des Stadtparks eine schwimmende, weibliche Person gesehen zu haben?«

Herr Federkeil wusste nicht so recht, ob der Beamte sich gerade über ihn lustig machte, oder ob er ihn nicht verstehen wollte. Hilfesuchend warf er einen Blick über die Schulter zu seiner Frau.

»Marzena, willst du dem Herrn vielleicht mal alles erklären?«

Bittend hielt er ihr den Hörer entgegen, den sie energisch entgegen nahm.

»Hallo? Ja, hier spricht Frau Federkeil, Marzena Federkeil. Also, mein Mann möchte mit seiner Äußerung sagen, dass er glaubt eine Wasserleiche gesehen zu haben. Ist es denn möglich, dass mal jemand von den uniformierten Herren herauskommt und sich das ansieht?«

Wie ein Wasserfall sprudelte es nur so aus der alten Dame heraus.

»Ich sage Ihnen aber gleich, dass wir nicht mehr lange auf sind, sondern bald zu Bett gehen werden, nur für den Fall, dass Sie uns sprechen wollen. Mein Mann hatte erst kürzlich einen leichten Herzinfarkt und darf sich nicht so aufregen, müssen Sie wissen.«

»Ich schicke sofort einen Streifenwagen zu Ihnen und einen weiteren in den Stadtpark, Frau Federkeil«, unterbrach der Polizeibeamte ihren Redeschwall.

»Es wäre sehr nett, wenn Sie noch eine halbe Stunde mit dem Schlafengehen warten könnten. Meine Kollegen machen sich durch Klingeln an der Haustür bemerkbar.«

»Eine halbe Stunde schaffen wir gerade noch«, kam es postwendend zurück. »Aber ich möchte nicht, dass die Kommissare mit ihren auffälligen Autos direkt vor der Tür parken. Immerhin handelt es sich um ein Mehrfamilienhaus und die Leute könnten möglicherweise falsch denken.«

»Nein, Frau Federkeil«, lachte der Polizeibeamte von der Einsatzzentrale. »Ich verspreche Ihnen, dass die Beamten in Zivil gekleidet sind und in einem ganz normal aussehenden Fahrzeug zu Ihnen gefahren kommen.«

»Gut, dann warten wir, auf Wiederhören.«

Mit diesen Worten beendete sie das Gespräch und blickte ihren Mann triumphierend an. »Man muss denen nur mal richtig Bescheid sagen, dann beeilen die sich auch«, lächelte sie wohlweislich.

***

Gleichzeitig mit den Beamten vom Kriminaldauerdienst und der Schutzpolizei traf auch die Feuerwehr am Tatort ein. Ein Großteil des Parks konnte durch Scheinwerfer ausgeleuchtet werden, sodass die Bergung der Leiche problemlos vonstattenging.

Der hinzugezogene Arzt wusste zu berichten, dass die Tote noch nicht allzu lange im Wasser gelegen haben konnte und keinen Suizid begangen hatte.

»Tut mir leid, aber da ist nichts mehr zu machen. Die junge Frau ist einem Gewaltverbrechen zum Opfer gefallen und der oder die Täter sind nicht gerade zimperlich mit ihr umgegangen.«

Fassungslos schüttelte er den Kopf.

»Sie wurde zunächst erwürgt und um auf Nummer sicher zu gehen, hat man ihr anschließend auch noch das Genick gebrochen. Außerdem ist ihr Gesicht stark angeschwollen, das sieht nach Misshandlung aus.«

Er betrachtete ihre Hände.

»Sie muss sich heftig gewehrt haben. Die Knöchel sind blau angelaufen. Erst nach ihrem Tod wurde sie ins Wasser geworfen.«

Seufzend erhob er sich aus der knienden Position.

»Ich werde meinen Bericht noch heute Nacht schreiben, damit er morgen in der Früh vorliegt.«

Anhand des mitgeführten Personalausweises stellte sich schnell heraus, dass die weibliche Wasserleiche Felia Junk hieß, fünfundzwanzig Jahre alt war und hier in der Nähe wohnte.

Kriminalhauptkommissar Harald Pleines befand sich gerade im Gespräch mit einem Beamten von der Spurensicherung, als ein uniformierter Kollege auf ihn zugelaufen kam.

»Wir haben am gegenüberliegenden Ufer Kampfspuren gesichtet«, teilte er ihm mit und deutete auf eine schlecht einsehbare Stelle am Ufer des Teiches. »Es scheint so, als hätte sich die Tat dort abgespielt.«

»Danke für den Hinweis«, sagte Pleines und zog interessiert die Augenbrauen in die Höhe. »In ein paar Minuten sind wir hier fertig und dann sehe ich mir das aus der Nähe an.«

»Okay, ich bleibe bis dahin vor Ort.«

»Wo waren wir doch gleich stehengeblieben«, wandte sich Pleines wieder dem Mann vom ED zu. »Ach ja, die seltsame Bekleidung der jungen Frau. Dieses altertümliche Kleid passt doch so gar nicht zu ihrem eigentlichen Outfit, was sie darunter trägt.«

Nachdenklich kaute der Hauptkommissar auf seiner Unterlippe herum. Die kurzen schwarzen Haare glatt nach hinten gekämmt, sah er stets geschniegelt und gestriegelt aus. Ihn konnte so schnell nichts aus der Ruhe bringen, auch nicht die Leiche einer jungen Frau.

»Hm, kannst du dich noch an den Fall Dominik Wanke erinnern?«, warf Kriminalhauptmeister Koch ein und fotografierte die Leiche aus allen nur erdenklichen Perspektiven. »Das war ein Psychopath, der zusammen mit seiner Mutter junge Frauen entführt und bei sich zu Hause im Keller gefangen gehalten hat.«

»Meinst du etwa den Bekloppten, dessen Geschichte sie verfilmt haben?«, wollte Pleines wissen und verzog verächtlich das Gesicht.

»Ja, genau den kranken Kerl meine ich. Das Kriminalkommissariat hat vor drei Tagen eine Meldung von der Psychiatrie erhalten, dass der Typ während eines Arztbesuches getürmt ist. Deshalb wurde doch auch eine Sonderkommission eingerichtet, die seitdem ständig Sonderstreifen fährt.«

»Das habe ich nicht mitbekommen, bin ja erst heute aus dem Urlaub zurückgekehrt.«

»Und gestern Abend ist der Film hier in Süderbrerap angelaufen, das Kino soll verdammt gut besucht gewesen sein. Normalerweise sind wir immer vier Wochen später dran als die großen Kinos, aber weil es sich um einen Regional-Thriller aus dieser Gegend handelt, ist er diesmal ausnahmsweise auch bei uns schon zu sehen. Ich wollte ihn mir gelegentlich auch mal reinziehen, aber so wie es momentan aussieht, sind wir mittendrin im Geschehen und haben Thrill genug.«

»Du sagst es, mein Freund«, erwiderte Pleines und klopfte dem Hauptmeister kameradschaftlich auf die Schulter.

Während der Tatort weiträumig abgesperrt und die Leiche in die Gerichtsmedizin gebracht wurde, kam ein anderer Kollege der Schutzpolizei angerannt. Völlig außer Atem rief er schon von Weitem.

»Wir haben zweihundert Meter weiter noch eine zweite Frauenleiche entdeckt, sie ist übel zugerichtet. Sieht ganz nach Vergewaltigung aus.«

»Wahnsinn«, war alles was Pleines dazu sagen konnte und folgte dem Uniformierten, der für seine Verhältnisse viel zu schnell lief.

»Du solltest Abel hinzuziehen!«, rief ihm der Beamte vom Erkennungsdienst noch nach. »Das hier ist nämlich genau seine Kragenweite!«

»Wieso ausgerechnet Maurice?«

»Lass es dir von Michael erzählen, der weiß es sicherlich. Das ist der Beamte, der vor dir herläuft.«

»Hey, Michael, lauf mal nicht so schnell, ich komme gar nicht mit.«

»Sorry, aber das ist nun mal mein normales Tempo«, lachte Polizeikommissar Michael Held verlegen. »Was wolltest du über Maurice wissen?«

»Warum wir ihn anfordern sollen.«

»Die Sache liegt mehr als zwei Jahre zurück. Soweit ich informiert bin, warst du damals noch nicht bei diesem Haufen, oder?«

»Nee, hab mich erst vor sieben Monaten hierher versetzen lassen.«

»Na, dann kannst du das vermutlich auch nicht wissen. Jedenfalls ist es so, dass Maurice Abel damals in der Entführungssache Nele Homberg ermittelt hat und den Täter überführen konnte. Im Grunde genommen waren es ja zwei, der Dominik Wanke und seine Mutter Bettina Marz. Maurice ist es zu verdanken, dass dieser Perverse dingfest gemacht wurde. Und da es ganz nach Wankes Handschrift aussieht, wäre es wohl das Beste, wenn Abel sich den Schlamassel hier einmal ansieht.«

Die Leiche der fünfundzwanzigjährigen, zierlichen Valentina Barth lag versteckt hinter einem Busch. Der überstreckte Kopf kennzeichnete den typischen Genickbruch. Das Gesicht war von Schlägen aufgedunsen und blutverschmiert, während die rechte Hand eine Fraktur aufwies. Der völlig entkleidete Unterleib deutete auf ein Sexualverbrechen hin. Auch bei dieser jungen Frau fand man in der Jackentasche deren Ausweispapiere. Ein Polizeibeamter hatte zunächst einen einzelnen Schuh entdeckt und war bei der Suche nach dem Gegenstück auf den böse zugerichteten Leichnam gestoßen. Angewidert wandte Pleines seinen Blick von dem grausigen Fund ab.

»Mensch, kaum ist man aus dem Urlaub zurück und dann wird einem so eine Sauerei präsentiert«, stöhnte er und steckte sich eine Zigarette ab. »Es sind beides verdammt hübsche Mädchen. Die eine mit blonden langen Haaren und die andere mit schwarzen langen Haaren. Sie befinden sich etwa im gleichen Alter und scheinen gemeinsam unterwegs gewesen zu sein. Wer tut so etwas nur? Glaubst du allen Ernstes, der Wanke steckt wieder dahinter?«

»Zumindest deutet alles darauf hin«, befürchtete Michael Held die Aussage des Älteren. »Es kann sich aber auch um irgendwelche Trittbrettfahrer handeln, die sich den Ausbruch des Wahnsinnigen zunutze machen.«

»Wo du Recht hast, sollst du auch Recht behalten«, erwiderte Pleines nachdenklich. »Ich werde jetzt zur Dienststelle fahren und Akteneinsicht im Fall der Nele Homberg nehmen und gegebenenfalls Maurice Abel kontaktieren.«

»Mach das.«

»Hier kann ich momentan ohnehin nichts mehr ausrichten. Aber tu du mir bitte den Gefallen und sag der Spusi nochmal Bescheid, dass die den kompletten Park nach Spuren absuchen sollen.«

»Wird erledigt.«

Kurz zuvor strebte Dominik Wanke zufrieden dem Ausgang des Parks entgegen. Unterwegs zog er sich eine Handvoll Erdnüsse rein, die er in seiner Jackentasche gefunden hatte. Sie waren schon etwas älter, das störte ich reichlich wenig.

Sind zwar nicht mehr die Frischesten, aber so ein kleiner Snack nach getaner Arbeit schmeckt doppelt gut und stärkt die Glieder.

Er grinste spöttisch, als ihm ein Tattergreis mit Köter entgegenkam, der mindestens genau so scheintot wie der alte Sack selber zu sein schien.

Es war ihm egal, ob die beiden seine Opfer finden würden oder nicht. Er legte absolut keinen Wert auf Beseitigung irgendwelcher Spuren. Wenn es nach ihm ging, konnten ruhig alle wissen, wer hinter diesen grausamen Taten steckte. Sie würden ihn sowieso wieder einbuchten, falls sie ihn kriegten. Zumindest war der erste Teil seines Planes bereits aufgegangen und er hatte Mutters Tod gerächt.

Kaum hatte er den alten Mann hinter sich gelassen, ärgerte er sich über die vertane Chance, ihm eins über den Schädel gezogen zu haben. Doch jetzt noch einmal umzudrehen erschien Wanke zu riskant. Immerhin gab es noch Wichtiges zu erledigen, was keinen Aufschub duldete.

Lässig warf er eine Nuss in die Luft und fing sie geschickt mit dem geöffneten Mund auf. Er freute sich diebisch über seine sportliche Leistung, die sein Selbstbewusstsein enorm stärkte.

Nebenbei hielt er Ausschau nach einem geeigneten fahrbaren Untersatz, der ihn zu seinem nächsten Einsatzort bringen würde, bevor er sich erneut in sein Versteck zu verkriechen gedachte.

Gleich am zweiten Haus in der Waldstraße, lehnte ein herrenloses Fahrrad am Hauseingang und schien nur auf ihn zu warten. Es war nicht sonderlich schwierig, das primitive Schloss zu knacken.

Mit dem gestohlenen Fahrrad fuhr Wanke direkt zum Haus des Oberkommissars Maurice Abel, der vor einem Jahr seine langjährige Freundin Marina geheiratet hatte. Bereits in der psychiatrischen Klinik interessierte sich Wanke für alles, was mit dem verhassten Mann zusammenhing, der ihn für immer hinter Schloss und Riegel sperren wollte und den er für den Tod seiner Mutter verantwortlich machte. Seine Verbitterung ging soweit, dass er ihn genauso büßen lassen wollte, wie er in der Vergangenheit selber Buße tun musste.

In den letzten zwei Jahren drehte sich für Wanke alles nur um diesen Mistkerl von Kripobeamten. Akribisch schrieb er jede noch so kleine Information auf, die er zu sammeln in der Lage war und die ihm große Freude bereitete.

Jeder Tag brachte ihn seinem Ziel etwas näher.

Zieh dich warm an, Bulle. Du wirst noch früh genug merken, wie es ist das Liebste zu verlieren.

Beinahe vergnügt strampelte er seinem Ziel entgegen. Das Haus des Kommissars war ein Einfamilienhaus mitten im Grünen. Etwas abseits der Hauptstraße in einer ruhigen Wohngegend gelegen, stand es als Letztes am Ende der verkehrsberuhigten Zone, unmittelbar am Waldrand.

Eine Straßenlaterne direkt vor der Hofeinfahrt erleuchtete das Anwesen. Hastig schob er das Fahrrad einen kleinen Trampelpfad aufwärts und versteckte es im Wald hinter einem Baum. Selber lief er noch einige Meter weiter hinauf und suchte sich dort einen geeigneten Platz, von dem aus er in aller Ruhe das Haus und das Geschehen darum herum beobachten konnte. Ein siegessicheres Lächeln huschte über sein Gesicht. Entspannt lehnte er sich zurück und verschränkte die Arme hinter dem Kopf.

Ich habe Zeit, unendlich viel Zeit und lasse mich von niemandem hetzen. Irgendwann wird das Arschloch schon rauskommen und dann geht es seiner Alten an den Kragen.

***

Maurice Abel lag bereits im Bett, als sein Handy klingelte, er es aber ignorierte.

»Schaaatz, dein Handy hat geklingelt. Kannst du bitte mal rangehen?«, meldete sich Marina mit verschlafener Stimme zu Wort.

»Oh, das habe ich gar nicht mitbekommen«, erwiderte Abel und richtete sich ruckartig auf. Die angezeigte

163

Nummer auf dem Display verhieß nichts Gutes. »Es ist die Dienststelle«, seufzte er mit einem entschuldigenden Blick auf seine Frau, bevor er den Anruf entgegennahm und sich meldete.

»Hallo Maurice, hier ist Sascha Ternes«, sagte der Beamte am anderen Ende der Leitung. »Es tut mir leid, dass ich dich so spät noch stören muss, aber wir haben im Stadtpark zwei grässlich zugerichtete Frauenleichen gefunden, die möglicherweise mit deinem alten Bekannten Dominik Wanke im Zusammenhang stehen könnten.«

»Autsch, das hört sich gar nicht gut an«, schnaufte Abel. »Also treibt er sich doch noch hier in der Gegend herum und macht seine angekündigten Drohungen wahr.«

Eilig schlüpfte er in seine Klamotten und verließ das Schlafzimmer.

»Was veranlasst euch zu der Annahme, Wanke könne etwas mit der Tat zu tun haben?«

»Eine der beiden Leichen trug über ihrer normalen Kleidung ein blaues Chiffonkleid, das an ein Theaterkostüm erinnerte und so gar nicht zum Rest der modernen Kleidung passte.«

»Diese Vorgehensweise erinnert tatsächlich an Wanke. Und für mich sieht es ganz danach aus, als wolle er uns wissen lassen, dass er hinter diesen Verbrechen steckt«, kommentierte Abel die Berichterstattung seines Kollegen. »Verdammte Scheiße, das hätte nicht passieren dürfen. Es wird Zeit, dass wir diesen Scheißkerl so schnell wie möglich wieder dingfest machen. Ich fahre gleich los und bin in zwanzig Minuten auf der

Dienststelle. Wir sehen uns.« Hastig beendete er das Gespräch und rannte nach unten in die Garage.

Auf dem Kriminalkommissariat herrschte helle Aufregung. Die Beamten, die den Tatort besichtigt hatten, waren damit beschäftigt ihre Berichte zu schreiben, während Kriminalhauptkommissar Harald Pleines in die Einzelakte des vermeintlichen Täters vertieft war.

Obwohl er das Wesentliche von damals aus den Medien kannte, wollte er sich einen intensiven Überblick verschaffen. Bei Abels Eintreten blickte er von seinem Schreibtisch auf.

»Hallo Maurice. Na, haben Sie dich aus dem Bett geholt?«, fragte er mit süffisantem Ton.

»Grüß dich, Harald. Ja, es sieht ganz so aus, als wolle mich Dominik Wanke zum Duell herausfordern.«

»Meinst du, er begeht die Morde deinetwegen?«

Ungläubig blickte Pleines seinen Kollegen an.

»Auf jeden Fall spiele ich eine wesentliche Rolle in seinem Rachefeldzug. Wanke und seine Mutter verband so eine Art Hassliebe und die beiden konnten nicht miteinander, aber auch nicht ohneeinander. Das ist ihm aber erst nach ihrem Tod so richtig bewusst geworden. Ihren erlittenen Herzinfarkt schiebt er auf unseren überfallartigen Einsatz zurück, den wir vor zwei Jahren erfolgreich abgeschlossen haben und der zu Wankes Festnahme führte. Mir war zwar bekannt, dass er in der Psychiatrie alle möglichen Daten über mich zusammengetragen hat, aber bislang dachte ich immer, dass er ein Wichtigtuer ist und lediglich leere Drohungen ausspricht. Doch da habe ich mich wohl getäuscht.«

Nachdenklich strich er sich seinen langen Pony aus der Stirn, als er auf der Tischplatte die Fotos der Frauenleichen liegen sah.

»Das ist das gleiche Kleid, welches Nele Homberg bei unserer Durchsuchung getragen hat«, sagte Abel und tippte mit dem Zeigefinger auf das Foto, welches die tote Felia Junk zeigte. »Und es besteht äußerlich sogar eine gewisse Ähnlichkeit zu ihr, zumindest was die langen schwarzen Haare betrifft.«

Seine Gedanken schweiften in die Vergangenheit.

»Ich werde den Anblick dieser jungen Frau niemals vergessen, wie sie völlig verstört in dem lächerlichen Kostüm aufgefunden wurde. Es dauerte ziemlich lange bis sie realisieren konnte, dass wir tatsächlich von der Polizei waren und kamen, um sie zu befreien.«

Nach einer kurzen Pause fügte er hinzu: »Habt ihr die Personalien und Anschrift dieser jungen Frau schon überprüft?«

»Ja, haben wir«, beeilte sich Pleines zu erwidern. »Die Verstorbene heißt Felia Junk, ist fünfundzwanzig Jahre alt und bewohnt als Single ein Zweizimmerappartement in einem Wohnblock am Ende der Viktoriastraße. In besagtem Haus leben ausschließlich junge Leute, die recht gut miteinander auszukommen scheinen. Ihre unmittelbaren Nachbarn wussten zu berichten, dass am Wochenende eine Freundin aus Bitburg zu Besuch kommen wollte. Bei dieser Person dürfte es sich aller Wahrscheinlichkeit nach um die zweite Tote handeln.«

»Na, das ist doch schon eine ganze Menge, was ihr an Fakten zusammengetragen habt«, freute sich Abel und zog sein Jackett aus. »Dann schicken wir am besten gleich mal zwei Streifenwagen zu dem alten Reppershof, wo der Wanke früher zusammen mit seiner Mutter gehaust hat. Die Kollegen sollen das Gelände noch einmal etwas genauer unter die Lupe nehmen, auch wenn sie in der Dunkelheit wohl kaum etwas sehen werden. Wichtig ist vor allem zu erfahren, ob die Polizeisiegel unversehrt sind.«

Er gähnte herzhaft und setzte sich auf einen Stuhl.

»Ich schaue mir derweil mal die Berichte der Kollegen an, die vor Ort waren.«

»Die Überprüfung kann der Dauerdienst übernehmen«, meinte Pleines und griff zum Telefon.

***

Die am Tatort gewesenen Beamten hatten saubere Arbeit geleistet und ihre bisherigen Ermittlungen umgehend zu Papier gebracht. Der vorläufige Obduktionsbericht des Amtsarztes besagte, dass die Frauen kurz nacheinander zu Tode gekommen waren. Beide Opfer mussten sich einer grauenvollen Misshandlung unterziehen, bevor der Täter ihnen das Genick brach.

Felia Junk, das erste Opfer, war zunächst erwürgt und dann ins Wasser geworfen worden.

Bei Valentina Barth lag zusätzlich noch ein Sexualdelikt in Form einer brutalen Vergewaltigung vor.

Beide Frauen hatten heftige Gegenwehr geleistet und wollten sich nicht ohne Weiteres in ihr Schicksal ergeben. Der am Teich befindliche Tatort, wie auch der etwas weiter entfernt gelegene in Nähe der Unterführung, zeigte umfangreiche Kampfspuren auf. Es schien, als wäre jemand mit unbändigem Hass und Zorn zu Werke gegangen. Ein Monster, dem jegliche Hemmschwelle fehlte und das vor keiner Gewalttat zurückschreckte.

Die äußerlich sichtbaren Verletzungen der beiden Toten bestätigten die barbarische Vorgehensweise, deren Handschrift auf einen Psychopathen hinwies. Kein normal veranlagter Mensch würde zu so einem Verbrechen fähig sein.

Seit einer Stunde wartete Dominik Wanke darauf, dass Abel sich blicken ließ. Es war zwei Uhr nachts. Vor etwa zehn Minuten war endlich das Licht in der oberen Etage angegangen. Ein sicheres Zeichen dafür, dass die Bullen ihn angerufen hatten.

Wanke lachte leise vor sich hin, Sabber lief ihm aus den Mundwinkeln heraus und bahnte sich einen Weg nach unten. Nun würde es nur noch wenige Minuten dauern, bis der Bulle sein Haus verlassen würde. Erst dann sollte sich herausstellen, ob seine Schlampe zu Hause war.

Klar ist sie da, wo soll sie um diese Zeit denn sonst sein? Die wird sich freuen, mich endlich einmal persönlich kennenlernen zu dürfen. Und wir werden ordentlich Spaß miteinander haben. Sie wird ihn zu spüren bekommen.

Er war gierig auf das bevorstehende Ereignis und rieb sich die klammen Finger, um sie geschmeidig zu bekommen.

Geil, der Scheißbulle hat das Licht wieder ausgemacht. Gleich geht's los, dann ist das kleine blonde Miststück allein und mir hilflos ausgeliefert.

Nur wenige Sekunden später öffnete sich das Garagentor automatisch. Die Beleuchtung reichte aus, um den verhassten Feind beim Einsteigen ins Auto zu beobachten. Niemals wieder würde Wanke das Aussehen und die Stimme des Mannes vergessen, der ihm das alles angetan hatte. Diese lässige Art sich zu bewegen und das selbstbewusste Auftreten kotzten ihn dermaßen an.

Verächtlich spuckte er auf den Waldboden. Seine Nase juckte und ließ ihn heftig niesen. Mit dem Ärmel der schwarzen Bomberjacke wischte er den Rotz einfach weg, bevor seine Füße ihn zu dem einsam gelegenen Haus trugen.

Vor der Garage hielt er an und schaute zu dem darüber befindlichen Balkon hoch. Unmittelbar darunter entdeckte er die unter dem Carport stehende Mülltonne, die eine zweckdienliche Aufstiegsmöglichkeit darstellte. Ohne große Probleme bestieg er eine davon und hangelte sich nach oben. Die dortige Balkontür war zu seiner großen Freude gekippt. Für den ehemaligen Hausmeister eines Krankenhauses keine sonderliche Herausforderung, sie mit wenigen Handgriffen zu öffnen.

***

Marina Abel wurde von einem Geräusch geweckt. Verschlafen richtete sie sich im Bett auf. Ein Blick zum Wecker sagte ihr, dass es zum Aufstehen noch viel zu früh war.

»Was? Es ist erst kurz nach zwei, da kann ich noch schlafen«, murmelte sie und drehte sich wieder um.

Ein erneutes Rascheln ließ sie zusammenfahren.

»Schatz, bist du schon zurück?!«, rief sie und lauschte angestrengt in die Dunkelheit hinein. »Wenn du mich erschrecken willst, dann ist dir das prima gelungen.«

Ihr Herz schlug heftig gegen die Rippen. Nachdenklich schaltete sie die Nachttischlampe ein und erhob sich langsam vom Bett, um auf die Toilette zu gehen.

Die Tür ließ sie offen, um den Lichtschein für den Weg zum Bad zu nutzen. Als sie am Gästezimmer vorbeikam, dessen Tür nur angelehnt war und in dem sich die Hamsterkäfige befanden, musste sie herzhaft lachen.

»Aha, so wie es aussieht, seid ihr beiden Nachtschwärmer also die Übeltäter, die mich mit ihren knarrenden Laufrädern geweckt haben. So geht das aber nicht«, schimpfte sie spaßeshalber und zog erleichtert die Tür ins Schloss. Kurz darauf wunderte sie sich über die angelehnte Balkontür, die normalerweise auf Kipp stand und jetzt seltsamerweise leicht auf und zu schwang.

Komisch, ich hab sie doch vor dem Zubettgehen geschlossen, oder etwa nicht? Vermutlich hat Maurices Vater hier mal wieder noch eine Zigarette geraucht, bevor er nach Hause gefahren ist. Typisch Mann, vergisst abzuschließen, oh, wie ich das hasse.

Vorwurfsvoll schüttelte sie während des Verriegelns den Kopf, als erneut ein ungewohntes Geräusch ihre Aufmerksamkeit erregte. Es schien aus dem Kinderzimmer zu kommen, das allerdings noch leer stand.

»Schaaatz, bist du da?!«, rief sie mit einem unguten Gefühl im Bauch. »Dann antworte mir doch wenigstens mal, ich habe nämlich keine Lust auf deine makabren Spielchen.«

Angesäuert schob sie die Tür auf und betätigte den Lichtschalter, um einen Blick in den Raum zu werfen. Sie erschrak fürchterlich, als sie in der Mitte einen lang aufgeschossenen Mann mit einem Messer in der Hand entdeckte, der nur auf sie zu warten schien.

Wie paralysiert hielt sie in ihrer Bewegung inne und presste die Hand vor den Mund, um nicht laut schreien zu müssen. Sein boshaftes Grinsen und die blitzende Klinge flößten ihr eine nie zuvor gekannte Angst ein.

»Wer, wer sind Sie? Was wollen Sie hier?«, presste Marina mühsam hervor.

Die Hände weit von sich gestreckt, wich sie Zentimeter für Zentimeter zurück, um das Zimmer schnell wieder zu verlassen. Vielleicht konnte sie dem Fremden ja die Tür vor Nase zuschlagen und dann von außen abschließen.

***

Dominik Wanke durchschaute Marinas Plan, noch ehe sie ihn in die Tat umsetzen konnte. Während sie von außen verzweifelt versuchte die Tür mit aller Kraft zu schließen, sprang er mit einem Satz darauf zu und drückte sie unter geringem Kraftaufwand wieder auf. Zwischendurch gab er ihr das Gefühl es durchaus schaffen zu können, indem er seinen Druck immer mal wieder verminderte und ihre Hoffnung auf Erfolg schürte.

»Maurice! Maaaauriiiice!«, schrie sie verzweifelt und versuchte sich unter vollem Körpereinsatz gegen die Tür zu stemmen. Auf der Suche nach dem rettenden Schlüssel fiel ihr ein, dass er schon seit Langem unauffindbar war und sie sich erst gestern vorgenommen hatte, intensiv danach zu fahnden. Doch dafür war es jetzt zu spät. Somit blieb ihr nur die Flucht. Fieberhaft überlegte sie, wohin sie laufen sollte und ob es überhaupt möglich war ihm zu entkommen.

Das Auto, ich muss unbedingt zu meinem Wagen laufen, aber wo habe ich den Schlüssel? Oh mein Gott, ich kann überhaupt keinen klaren Gedanken fassen. Wenn doch nur Maurice hier wäre. Der Roller steht in der Garage und an dem steckt auch der Schlüssel, aber wie lange wird es dauern, bis ich von dort wegkomme? Scheiße, es nützt alles nichts, irgendetwas muss ich jetzt machen.

Ohne einen wirklichen Plan zu haben, ließ sie unverhofft die Tür los und rannte die Treppe hinunter. Im Vorbeilaufen schnappte sie die auf der Kommode liegenden Autoschlüssel und hetzte damit zur Hintertür und von dort zum Carport, wo ihr Wagen stand.

Schon von Weitem betätigte sie den automatischen Türöffner und freute sich über das kurze Aufleuchten der Rückfahrscheinwerfer und dass sie ihren Polo ausnahmsweise einmal in Fahrtrichtung geparkt hatte. Beim Einsteigen stieß sie mit dem Kopf an den Türrahmen und blieb mit dem Fuß an irgendetwas hängen. Leise fluchend schob sie den Schlüssel ins

Zündschloss, um den Wagen zu starten, als die Fahrertür von außen ruckartig aufgerissen wurde.

»Hilfeeeee! Hilllfeeeee!«, schrie sie wie am Spieß und wehrte sich mit Händen und Füßen gegen den brutalen Griff des Fremden, der sie wieder aus dem Fahrzeug riss und gegen die Wand schubste.

»Halt bloß die Fresse, du nichtsnutzige Schlampe«, zischte er ihr ins Ohr. »Sonst schneide ich dir die Kehle.«

Zur Unterstreichung seiner Worte hielt er der Zitternden das Messer an die Kehle.

»Bitte tun Sie mir nichts«, krächzte Marina und sah ihn ängstlich an. »Ich mache auch alles was Sie sagen.«

»Na, da bin ich gespannt«, lachte er verächtlich. »Erst einmal unternehmen wir zusammen einen kleinen Ausflug mit deinem Wägelchen und dann sehen wir weiter. Ich brauche Geld, wie viel hast du?«

»Nicht viel«, beeilte sie sich zu sagen. »Höchstens fünfzig Euro.«

»Du willst mich wohl verarschen, was?«, regte er sich auf und stieß sie vor sich her in Richtung Hintertür. »Davon werde ich mich schon selbst überzeugen. Gnade dir Gott, wehe, du hast mich angelogen.«

»Wir können zum Geldautomaten fahren und noch etwas holen«, erwiderte sie hastig und überlegte fieberhaft, wie sie bloß an ihr Handy kommen konnte, das in ihrer Jackentasche steckte, die im Flur an der Flurgarderobe hing. »Ich habe eine EC-Karte«, fügte sie schnell mit fester Stimme hinzu.

Ich muss ihn bei Laune halten und in Sicherheit wiegen, vielleicht wird er dann unvorsichtig. Ich darf ihn auf gar keinen Fall reizen und ihn meine panische Angst nicht spüren lassen, das stachelt ihn noch mehr an und könnte fatale Folgen für mich haben.

»Erst das Bargeld, dann sehen wir weiter, wo ist es?«

»In meiner Handtasche an der Garderobe.«

»Dann nichts wie hin«, keuchte er und trieb sie mit dem Messer vor sich her.

»Bitte, darf ich mir eine Jacke anziehen?«, flehte sie, während sie nach der Umhängetasche griff.

»Gib mir die Autoschlüssel und dein Portemonnaie und zieh dir das dämliche Ding von Jacke an, damit nicht jeder gleich sieht, dass du gerade aus dem Bett gestiegen bist.«

Sein höhnisches Lachen drang schmerzhaft an ihr Ohr. Hastig griff sie nach ihrer pinkfarbenen Daunenjacke und streifte sie über. Dann holte sie ihre Geldbörse aus der Umhängetasche und hielt sie ihm entgegen. Er entriss sie ihr ruckartig und wühlte sämtliche Fächer durch. Es ärgerte ihn, dass er tatsächlich nur die EC-Karte und fünfzig Euro fand. Vor lauter Wut verstreute er das Kleingeld auf dem Parkett und warf das Portemonnaie obenauf.

»Nur als kleiner Tipp für deinen Alten, damit er weiß, dass ich hier war. Meinst du, er ist so clever und versteht den kleinen Wink mit dem Zaunpfahl?«

Bei diesen Worten packte er sie an den Haaren, riss ihren Kopf nach hinten und hielt ihr das Messer an die Kehle. »Und lass dir unterwegs ja nicht irgendwelche

Faxen einfallen die mich wütend machen könnten, denn dann bist du schneller tot, als du denkst.«

Ein brennender Schmerz durchflutete Marinas überstreckte Gurgel und signalisierte ihr den Ernst der Lage. Aus Furcht traute sie sich nicht zu nicken. Entsetzt spürte sie wie etwas Warmes an ihren Hals herunterlief.

Oh mein Gott, ich blute, er hat tatsächlich zugestochen. Wer ist dieser Wahnsinnige und was will er von mir? Es muss irgendetwas mit Maurices Arbeit zu tun haben, anders kann ich mir das nicht erklären. Vermutlich will er sich an ihm rächen.

Ohne es beeinflussen zu können, liefen ihr die Tränen an den Wangen herunter. Es kitzelte unangenehm. Am liebsten würde sie ihre ganze Angst laut hinausschreien, aber stattdessen kam lediglich ein leises Schluchzen über ihre Lippen.

Völlig überraschend lockerte er seinen Griff und ließ von ihr ab. Automatisch tastete sie nach der Verletzung, die nur oberflächlich zu sein schien. Fahrig suchte sie in der Jackentasche nach einem Taschentuch, um das Blut abzuwischen. Dabei ertastete sie das darin befindliche Handy. Ein nie gekanntes Glücksgefühl überkam sie und weckte neue Hoffnung.

Erleichtert atmete sie auf und berührte vorsichtig die Freigabetaste, während der Eindringling sie wieder in Richtung Hintertür hetzte. Marina hatte keine Ahnung ob ihr Plan funktionieren würde, aber sie durfte es auf keinen Fall unversucht lassen. Unten rechts auf ihrem Handy befand sich die Taste für Kontakte. Gleich die erste Telefonnummer war die von ihrem Ehemann

Maurice. Sie kannte die Nummer auswendig und konnte das Handy nahezu im Schlaf bedienen. Ihr Daumen zuckte beim Betätigen und schien daran festzukleben. Nur mit Mühe gelang es ihr, die Hand wieder aus der Tasche zu ziehen, als sie einen Stoß im Rücken verspürte und der Länge nach zu Boden stürzte.

»Los, beeil dich, du alte Bullenschlampe.«

Gegen drei Uhr war Maurice Abel noch immer mit der Durchsicht des letzten Berichtes beschäftigt, als sein Handy klingelte. Erstaunt bemerkte er Marinas Nummer und nahm rasch den Hörer ab.

»Hallo, mein Schatz, kannst du ohne mich nicht schlafen?«

Verschmitzt grinste er seinen Kollegen Harald Pleines an und wartete gespannt auf ihre Antwort.

»Hallo? Marina, hörst du mich nicht?«

Verdutzt blickte er auf das Display um zu sehen, ob der Empfang möglicherweise eingeschränkt war. »Hm, alles in Ordnung, wieso antwortet sie dann nicht? Marina, Mariiina!« Nachdenklich legte er die Stirn in Falten.

»Stimmt irgendetwas nicht?«, fragte Harald Pleines besorgt.

»Das könnte man so sagen«, erwiderte Abel alarmiert und schnaufte. Gleichzeitig gemahnte er seinen Kollegen mit erhobenem Zeigefinger zur Ruhe und flüsterte: »Meine Frau hat mich angerufen, meldet sich aber nicht.«

Ohne noch ein Wort zu verlieren, schaltete er den Lautsprecher seines Handys auf laut und lauschte zusammen mit Pleines auf die undeutliche Geräuschkulisse am anderen Ende, die an einen Fahrzeugmotor erinnerte. Fast im gleichen Moment drangen Wortfetzen an ihre Ohren, zwar nur undeutlich und abgehackt, aber eindeutig als Männerstimme zu identifizieren.

»Verhurte Schlampe«, hörten sie ihn sagen. »Ich steche dich ab. Bullenschwein! Versteck! Knast!«

Ein widerliches Gelächter folgte, das den beiden Kripobeamten das Blut in den Adern gefrieren ließ.

Blitzartig sprangen Abel und Pleines von ihren Plätzen auf und rannten auf den Flur zum Aufzug, der sie innerhalb kürzester Zeit in die Tiefgarage zu einem Dienstwagen brachte. Während Abel den Kombi geschickt aus der Garage manövrierte, forderte Pleines über Funk dringend Verstärkung an.

»Dieses Schwein, dieses verdammte Dreckschwein!«, schrie Abel und trommelte wütend mit der Faust auf das Lenkrad ein. »Ich hätte es wissen müssen, verdammte Scheiße!«

»Wir kriegen ihn«, erwiderte Pleines knapp und informierte die Einsatzzentrale über den Stand der Dinge.

Das Haus der Abels stand in einer kleinen Siedlung, unmittelbar am Waldrand gelegen. Es handelte sich um eine Sackgasse, die zum örtlichen Sportplatz führte und dort auch endete. Von der Hauptstraße aus gab es drei Möglichkeiten des Oberkommissars Grundstück zu erreichen. Alle drei Nebenstraßen vereinten sich kurz vor der letzten Wegbiegung. Ein Streifenwagen sollte von Norden aus anrücken und die nicht öffentliche Straße blockieren. Ein weiterer würde sich von Süden aus nähern. Das Fahrzeug mit Pleines und Abel fuhr auf dem direkten Weg von der Hauptstraße aus zu dem Anwesen. Um kein Aufsehen zu erregen, ließen sie

Blaulicht und Martinshorn ausgeschaltet und rasten durch die Morgendämmerung.

»Diese Drecksau von Wanke will sich an mir rächen und nimmt meine Frau als Geisel. Das ist unfassbar!«

»Ruhig Blut, Maurice«, versuchte Pleines den aufgebrachten Kollegen zu beschwichtigen. »Es ist nur eine Frage der Zeit bis wir ihn haben.«

Er überprüfte den Sitz seiner Waffe und klopfte dem Jüngeren verständnisvoll auf die Schulter. »Es ist jetzt genau drei Uhr zwanzig. Wenn wir uns beeilen, dauert unsere Fahrt nicht länger als sieben Minuten.«

Angestrengt achtete er auf jedes Fahrzeug, das ihnen entgegenkam.

»Immer vorausgesetzt, die nehmen auch diese Strecke«, brummte Abel und trat das Gaspedal durch.

»Das Gute ist nur, dass um diese Zeit nicht allzu viele Fahrzeuge unterwegs sind und dass die beiden mit großer Wahrscheinlichkeit in Marinas weißem Polo unterwegs sind. Das gute Stück sollte eigentlich schon längst in der Werkstatt sein, weil die Ventile nachgestellt werden müssen.«

Unmittelbar nachdem sie die höchste Stelle erreicht hatten, kam ihnen ein Auto mit aufgeblendeten Scheinwerfern und ausschweifendem Fahrstil entgegen. Der Fahrer missachtete die durchgezogene weiße Linie und schien auf sich aufmerksam machen zu wollen.

»Das ist er!«, schrien beide Kommissare wie aus einem Mund.

Maurice Abel vollführte eine Vollbremsung und wendete den Wagen auf der Straße, während Pleines die Zentrale über ihren derzeitigen Standort und das Sichten des gesuchten PKWs informierte.

»Bist du denn von allen guten Geistern verlassen?«, herrschte Pleines seinen Kollegen an.

»Fahr gefälligst etwas vorsichtiger, auch wenn es um deine Frau geht.«

Aufgebracht hielt er sich am Gurt fest.

***

Argwöhnisch glotzte Dominik Wanke vom Beifahrersitz aus zu Marina Abel rüber.

»Was war das eben für ein Geräusch?«, fragte er misstrauisch. »Das hörte sich an, als ob jemand spricht, aber das Radio ist doch aus.«

Mit schmierigen Fingern fummelte er an den Rädchen herum. »Oder hast du etwa ein Handy dabei?«

»Nein, nein«, erwiderte sie und schüttelte energisch den Kopf, während sich Schweißperlen auf ihrer Stirn bildeten und sie kaum in der Lage war, das Lenkrad ruhig zu halten.

»Ich habe kein Handy mit, es liegt zu Hause im Schlafzimmer auf dem Nachtschrank. Das muss der Motor sein der ist nicht ganz in Ordnung.« Sie täuschte einen Hustenanfall vor.

»Du willst mich wohl verarschen, was?!«, schrie er sie an und hielt ihr das Messer an die Schläfe.

»Zeig mir sofort, was du in deiner Jackentasche hast.«

»Ich kann doch nichts dafür, wenn mein Handy klingelt«, jammerte sie und holte es aus der Tasche »Ich wusste nicht, dass es in meiner Jackentasche ist, ehrlich.

Sie können es gern behalten, ich brauche es nicht unbedingt.«

Ihre Hände flatterten unaufhörlich und sie musste aufpassen, dass ihr das Fahrzeug in den Kurven nicht entglitt. Schließlich war sie nicht angeschnallt, weil er es ihr verboten hatte. Grinsend starrte Wanke auf das Display des Handys, bevor er die Scheibe herunterließ und es in hohem Bogen weit von sich schmiss.

Plötzlich kam ihnen ein Wagen mit hoher Geschwindigkeit entgegen und blendete sie. Aufgrund der ohnehin schon laufenden Tränen konnte Marina kaum noch etwas erkennen. Rein mechanisch betätigte sie mehrmals hintereinander den Schalter fürs Fernlicht in der Hoffnung, derjenige würde dadurch auf sie aufmerksam werden.

Krampfhaft hielt sie das Steuer umfasst und betete inständig, dass Maurice zumindest ein paar Wortfetzen mitbekommen hatte und demzufolge auch handeln würde. Aus den Augenwinkeln heraus bemerkte sie das dämliche Grinsen ihres ungewollten Beifahrers.

Ich muss ihn in ein Gespräch verwickeln. Vielleicht verrät er mir dann ja seinen Namen.

»Wohin soll ich überhaupt fahren?«, fragte sie mit fester Stimme und sah ihn von der Seite an. »Sie haben mir noch gar nichts gesagt.«

Ängstlich warf sie einen Blick in sein mürrisches Gesicht.

»Als erstes nach Süderbrerap zum Geldautomaten«, feixte er. »Und dann zu mir, mein Täubchen.«

Seine klobige Hand berührte ihren Oberschenkel.

»Du weißt schon, ein bisschen Spaß muss sein.«

Ich muss einen kühlen Kopf bewahren, sonst drehe ich noch durch, oder lande vor einem Baum.

Angewidert hielt Marina still und die Luft an, um sich nicht übergeben zu müssen bei der Vorstellung, dass er sie vergewaltigen könne. Allein seine Berührung verursachte ihr eine Gänsehaut und ließ sie erschauern. Doch zu ihrem großen Entsetzen begann er ihre Brust zu streicheln, bevor die widerlichen Finger sich abwärts bewegten und ihre Scham berührten.
Sie spürte seinen lauernden, verlangenden Blick und er schien nur darauf zu warten, dass sie sich wehrte. Doch diesen Gefallen tat sie ihm nicht. In ihrem Beruf als Sozialarbeiterin hatte Marina an psychologischen Schulungen teilgenommen und gelernt, mit den unterschiedlichsten Kategorien Mensch klarzukommen. Das konnte jetzt möglicherweise ihr Vorteil sein. Scheinbar gelassen begann sie zu plaudern.
»Wir könnten uns noch etwas zu trinken besorgen, bevor wir zu dir fahren.« Ohne eine Antwort abzuwarten, fuhr sie hastig fort. »Ich brauche immer ein bisschen Alkohol um in Fahrt zu kommen. Was hältst du davon?«
Ihre Stimme klang belegt.

Oh, Marina, welcher Teufel reitet dich denn gerade? Ja doch, verstell dich, heuchle ihm Interesse vor. Er ist nur halb so gefährlich, wenn man ihn gewähren lässt und nicht in die Enge treibt.

Sie umfasste das Lenkrad noch eine Spur fester und wagte ein angedeutetes, aufmunterndes Lächeln in seine Richtung. Abrupt zog er seine Hand zurück und wirkte plötzlich irritiert und verletzlich. Ihre entschlossene Zugänglichkeit schockierte ihn und führte zu vorübergehender Sprachlosigkeit.

»Meine Ehe ist nicht sonderlich gut und ich werde mich demnächst von meinem Mann trennen«, schob sie hastig nach und legte bewusst eine Pause ein. »Er ist ein Tyrann.«

Es fiel ihr schwer, so über Maurice zu reden, aber es war die einzige Möglichkeit den Entführer aus der Reserve zu locken.

Was kann mir passieren, was ich nicht ohnehin schon befürchten muss.

Der Mann auf dem Sitz neben ihr schien urplötzlich in sich gekehrt und wirkte auf Marina wie ein Häufchen Elend. Unentschlossen knetete er seine Finger, bevor es aus ihm herausplatzte.

»Würdest du dich denn auch für meine Mutter hübsch machen?«

Gleich hab ich ihn diesen Psychopaten.

»Natürlich mache ich mich auch für deine Mutter hübsch, wo ist sie denn?«

»Das weißt du ganz genau, du dämliches Miststück!«, schrie er so heftig, dass ihr die Spucke um die Ohren flog. »Komm mir jetzt bloß nicht mit der Ausrede, du wusstest nichts von ihrem Tod!« Wie ein Wahnsinniger schlug er mit den Fäusten auf das Armaturenbrett ein.

Ach du Scheiße, was habe ich denn nun wieder angerichtet. Wie kann man nur von eine Sekunde auf die andere derart massiv und aggressiv reagieren? Der tickt doch nicht ganz richtig.

»Es tut mir sehr leid, dass du deine Mutter verloren hast, aber du musst mir glauben, ich weiß nicht einmal wer du bist«, hörte sie sich sagen.

Im Rückspiegel konnte sie verfolgen wie das soeben noch entgegenkommende Fahrzeug hinter ihnen auf der Straße wendete. Ihr Herz vollführte einen Freudensprung.

Das ist Maurice, er sucht nach mir.

Erleichtert atmete sie auf und nahm den Fuß vom Gaspedal.

»Du weißt nicht, wer ich bin?«, lachte er hemmungslos. »Ich bin der, vor dem sich alle Frauen fürchten sollten, aber nicht nur die Weibsbilder, sondern auch ein paar sogenannte Mannsbilder müssen sich vor meiner Rache in Acht nehmen.«

Verunsichert blickte er in den Außenspiegel.

»Wieso glotzt du eigentlich dauernd in den Rückspiegel? Lass den Idioten vorbei und dann fährst du den nächsten Feldweg rechts rein, damit ich mal pissen kann.«

Obwohl Marina das Tempo drosselte, blieb der andere Wagen in gleichbleibendem Abstand hinter ihnen.

Bitte Maurice, fahr vorbei und warte bis wir anhalten. Siehst du denn nicht, dass ich immer wieder bremse, um dir ein Zeichen zu geben?

Hektisch wanderte ihr Blick zwischen Rückspiegel und Frontscheibe hin und her.

»Pass auf, du blöde Kuh, da steht irgendwas auf der Straße«, herrschte Wanke sie an und starrte angestrengt nach vorn, um besser sehen zu können.

Plötzlich einsetzendes Blaulicht erhellte auf groteske Weise die Straße. Das vor ihnen befindliche Hindernis entpuppte sich als eine Straßensperre.

»Scheiße, die Bullen!«, tobte er und ballte die Fäuste. »Du blöde Drecksau hast die Bullen angerufen, das wirst du bitter bereuen! Los, halt drauf, entweder die Scheißer springen zur Seite, oder wir nieten sie um. Fahr rechts dran vorbei, los, mach schon!«

»Nein, da passen wir nicht durch!«, schrie Marina panisch. »Ich kann das nicht.«

Ihre Nerven drohten zu zerreißen.

Lieber Gott, hilf mir.

»Wirst du wohl machen was ich dir befehle!«, zeterte er und griff ihr ins Lenkrad.

Ohne lange zu überlegen, trat Marina mit voller Wucht auf die Bremse und riss im gleichen Moment die Fahrertür auf, noch bevor Wanke in der Lage war zu

186

reagieren. Das fürchterliche Quietschen der Reifen in Verbindung mit dem Schlingern des Wagens war das letzte, was Marina wahrnahm, bevor sie auf die Straße stürzte und von einer erlösenden Bewusstlosigkeit gefangen genommen wurde.

Wanke hatte noch versucht das Lenkrad herumzureißen, um nicht mit dem querstehenden Streifenwagen zu kollidieren. Doch aufgrund der hohen Geschwindigkeit war der Bremsweg länger als erwartet und ein Zusammenstoß somit unvermeidlich.

Durch den Aufprall wurde der Airbag ausgelöst, der Wanke zwar einerseits vor schweren Verletzungen bewahrte, aber andererseits auch am Aussteigen hinderte. Unfähig zu reagieren, musste er hilflos mit ansehen, wie bewaffnete Polizeibeamte ihn von zwei Seiten in Schach hielten. KOK Abel, der seiner Frau in gesichertem Abstand gefolgt war, brachte den Dienstwagen direkt hinter ihrem Polo zum Stehen.

***

»Donnerwetter!«, tönte Pleines und sprang mit seinem Kollegen gleichzeitig aus dem Wagen. »Hut ab vor Marinas Mut.«

Unter Verkündung seiner Rechte nahm Pleines den perplexen Wanke fest und legte ihm Handschellen an. Derweil kniete Abel besorgt neben seiner Frau und streichelte ihr zärtlich die Wange.

»Das hast du super gemacht, mein Schatz, alles wird gut. Gleich kommt der Rettungswagen und bringt dich ins Krankenhaus.«

Er zog seine Jacke aus und bettete vorsichtig ihren Kopf darauf. Er hoffte inständig, dass sie bald wieder zu sich kommen würde. Noch während der notärztlichen Versorgung schlug Marina für einen Moment die Augen auf und lächelte ihren Mann tapfer an.

»War ich gut?«

»Du warst mehr als nur gut«, lächelte Abel und drückte ihr einen Kuss auf die Wange. »Ich begleite dich ins Krankenhaus.«

»Danke, dass du immer für mich da bist«, flüsterte sie und schloss die Augen erneut.

***

Am nächsten Morgen teilte Marinas behandelnder Arzt im Krankenhaus dem besorgten Ehemann mit, dass ihre Verletzungen keine bleibenden Schäden hinterlassen würden und in wenigen Wochen der Vergangenheit angehören. Abgesehen von dem ausgekugelten Arm hatte sie lediglich noch eine Gehirnerschütterung erlitten, die sie für einige Tage ans Bett fesseln würde.

Einigermaßen beruhigt verabschiedete sich Abel von ihr, um nach Hause zu fahren. Unterwegs hörte er über Funk, dass die Spurensicherung bereits zu ihm unterwegs sei. Herzhaft gähnend strich er sich mit der Hand über die müden Augen.

Tja, so wie es aussieht, wird's mit Schlafen vorerst wohl nichts werden. Ich werde mir zu Hause gleich erst einmal einen schönen starken Kaffee kochen und dann weitersehen.

Ein Telefongespräch mit Pleines ergab, dass der Staatsanwalt bei der anstehenden Vernehmung des Beschuldigten Wanke zugegen sein wollte, aber Abels Zurückhaltung angeordnet hatte.

Es ist wahrscheinlich auch besser, dass ich nicht dabei bin. Vermutlich würde ich mich vergessen und diesem Schwein den Hals umdrehen.

Unmittelbar hinter der letzten Kurve sah er die Leute vom Erkennungsdienst stehen, die ihn bereits sehnsüchtig erwarteten. Um die Spurensicherung nicht zu behindern, parkte er seinen Wagen auf der gegenüberliegenden Seite.

»Mensch Maurice, ich gratuliere dir zu dieser Meisterleistung«, empfing ihn der Kollege Roeder und klopfte ihm freundschaftlich auf die Schulter.

»Ist mit Marina alles in Ordnung?«

»Danke«, erwiderte der Oberkommissar mit einem müden Lächeln. »Marina geht es soweit ganz gut. Abgesehen von ihren Verletzungen steht sie auch noch unter Schock. Der Arzt hat ihr ein Mittel gegen Schmerzen und zur Beruhigung gespritzt.«

Verbittert schüttelte er den Kopf.

»Wenn ich mir vorstelle, was dieses perverse Schwein womöglich mit ihr angestellt hätte.«

»Denk nicht darüber nach«, wehrte Roeder ab. »Ich habe die Leichen der beiden getöteten Frauen gesehen, da vergeht einem der Appetit, sage ich dir.«

Angeekelt verzog er den Mund.

»Und ich habe mit diesem Perversen zusammen die Schulbank gedrückt«, mischte sich Obermeister Gödicke in das Gespräch ein. »Der war damals schon ein Einzelgänger und quälte vorzugsweise armselige Kreaturen, die sich seiner nicht erwehren konnten.«

»Lasst uns lieber das Thema wechseln, sonst sehe ich noch rot.«

Mit diesen Worten forderte Abel die Kollegen auf, ihm ins Haus zu folgen. »Los, kommt rein, ich koche uns erst einmal einen starken Kaffee, die Arbeit läuft euch ja nicht weg. Aber saut mir bitte nicht alles ein, ich habe nämlich keine Zeit zum Saubermachen.«

Nachdem die beiden Beamten ihre Spurensuche im Haus und in der näheren Umgebung beendet hatten, luden sie das aufgefundene Fahrrad ein und fuhren zurück zur Dienststelle.

Abel sprang kurz unter die Dusche und packte ein paar Sachen für Marina zusammen. Dann setzte er sich wieder in seinen Dienstwagen und heizte zurück in die Stadt. Unterwegs hielt er an einem Blumenladen und kaufte einen Rosenstrauß.

Am Krankenhaus absolvierte er einen Stopp, um seiner Frau die Reisetasche mit den nötigsten Sachen vorbeizubringen. Weil sie noch schlief, hauchte er ihr nur einen zärtlichen Kuss auf die Stirn und verließ das Zimmer so leise wie er gekommen war. Draußen auf dem Gang bat er eine Krankenschwester sich um die Blumen zu kümmern.

190

Wankes Vernehmung war bereits in vollem Gange, als Abel auf der Dienststelle ankam. Er kannte die Methode *Zuckerbrot und Peitsche* des Staatsanwalts, der bislang noch so ziemlich jeden weichgekocht hatte. Schmunzelnd verfolgte Abel vom Nebenraum aus die unkonventionelle Vorgehensweise des Staatsmannes. Durch die einseitig undurchsichtige Scheibe bekam Wanke von unliebsamen Zuschauern und Zuhörern nichts mit.

Pleines war ebenfalls anwesend und passte wie ein Luchs auf, dass alles nach seinen Vorstellungen ablief. Bevor Marina als Opfer in die Angelegenheit verwickelt wurde, war klar, dass Abel die Leitung der frisch eingerichteten Mordkommission übernehmen würde. Doch aufgrund der Involviertheit seiner Frau wurde er zwangsläufig zum mittelbar Beteiligten und war deshalb offiziell nicht in der Lage, objektiv handeln zu können.

Sein Vorgesetzter entzog ihm die Führung des Falles und übergab sie Kriminalhauptkommissar Harald Pleines. Nun reichten Abels Befugnisse lediglich aus, um Ermittlungen am Rande zu tätigen, beispielsweise wichtige Zeugenbefragungen. Sein erster Weg führte ihn zu Herrn Federkeil, der am Tatabend noch spät mit seinem Hund Gassi gegangen war. Da es dem alten Mann wegen der vorangegangenen Aufregungen gesundheitlich nicht sonderlich gutging, unterhielt sich Abel überwiegend mit dessen resoluter Ehefrau.

Im Anschluss an diese Befragung, die keine neuen Hinweise ergab, machte sich der Kommissar auf den Weg zu Nele Homberg, dem damaligen Opfer von Wanke.

Abel wollte Frau Homberg noch ein paar Fragen stellen, die sich durch Wankes aktuelle Verbrechen ergeben hatten. Soweit dem Beamten bekannt war, litt die junge Frau nach ihrer Befreiung vor zwei Jahren noch lange unter den Folgen der Gefangenschaft und den perversen Spielen in Bezug auf Wankes Mutter Bettina Marz.

Er würde bei seiner Fragestellung äußerst behutsam zu Werke gehen müssen. Zügig begab er sich zurück zu seinem Dienstwagen und teilte der Einsatzzentrale sein Vorhaben mit. Seit der Festnahme des psychisch kranken Wankes und dem Tod seiner Mutter war er nicht wieder zu einem Einsatz in die Pasteurstraße gerufen worden.

Das Fahrzeug stellte er wie früher in einer Parkbucht ab und begab sich zum Eingang des Mehrfamilienhauses. Überrascht stellte er fest, dass auf keinem einzigen Klingelschild der Name Nele Homberg zu finden war. Nach kurzem Zögern betätigte er die Klingel von Alexandra Brehme, einer neugierigen, alten und alleinstehenden Dame, die er noch aus der Vergangenheit kannte.

Er grinste bei dem Gedanken, dass sie ihm vermutlich wieder einen Kaffee aufschwatzen würde.

Hm, wollen mal sehen, ob sie mir etwas über den Verbleib von Frau Homberg sagen kann. Oh, sie hat vermutlich schon hinter der Gardine gestanden und auf mich gewartet.

Schneller als vermutet ertönte der Türsummer und eine energische Stimme rief von oben.

»Kommen Sie nur herein, Herr Kommissar. Ich habe sie schon vom Fenster aus gesehen!«

Gleich zwei Stufen auf einmal nehmend, eilte Abel die Treppe hinauf. Frau Brehme stand in ihrer Wohnungstür und schenkte ihm ein bezauberndes Lächeln. Sie schien noch kleiner geworden zu sein, bewegte sich aber mit der gleichen Flinkheit wie beim letzten Mal.

»Das ist aber eine Freude, dass ich Sie vor meinem Ableben noch einmal zu Gesicht bekomme«, sagte sie und wischte ihre Hände an der Kittelschürze ab, um ihn zu begrüßen.

»Ganz meinerseits, Frau Brehme«, erwiderte er ihren Händedruck. »Aber das mit dem Ableben will ich nicht gehört haben. So wie Sie aussehen, werden Sie sicherlich hundert Jahre alt.«

»Sie sind ein Schmeichler und ausgezeichnet in der Lage einer alten Dame den Tag zu versüßen, wenn Sie verstehen was ich meine.«

Spielerisch drohte sie mit dem Zeigefinger, während Lachfalten ihre strahlenden Augen umspielten.

»Im Übrigen scheinen Sie ebenso viel Kraft zu besitzen wie mein verstorbener Mann August, der konnte auch ordentlich zulangen. In meiner Hand haben sich durch ihren Händedruck die Knöchelchen übereinander geschoben.«

Kichernd sah sie ihn über den Brillenrand an.

»Oh, das tut mir leid«, versicherte Abel und bekam rote Ohren.

»Hihi, das war doch nur Spaß, Herr Kommissar. Es ist alles noch an seinem alten Platz«, lachte sie kurz, bevor ihre Miene sich schlagartig verfinsterte und sie ihn besorgt anschaute. »Ich kenne Sie bislang nur im

Zusammenhang mit Nele Homberg, ihr ist doch hoffentlich nichts passiert, oder?«

»Nein, nicht dass ich wüsste«, entgegnete er kopfschüttelnd. »Aber wegen Frau Homberg bin ich tatsächlich hier. Wohnt sie denn nicht mehr in diesem Haus?«

»Ach, Herr Kommissar, bitte kommen Sie doch erst einmal herein in die gute Stube. Derart Wichtiges sollten wir nicht im Treppenhaus besprechen. Sie wissen ja, die Wände haben hier Ohren, wenn Sie verstehen.«

Die letzten Worte kamen einem Flüstern gleich.

»Vergessen Sie bitte nicht, die Tür hinter sich zu schließen. Ich möchte nicht, dass uns irgendjemand belauscht.«

Abel folgte der alten Dame ins Wohnzimmer und ließ sich dankend in den angebotenen Sessel fallen. Gespannt wartete er auf das, was Frau Brehme ihm zu sagen gedachte.

»Ach, die arme Nele ist vor etwa einem Jahr wieder zurück zu ihren Eltern gezogen. Ich bin sehr traurig darüber, sie nicht mehr in meiner Nähe zu wissen. Das Mädel war mir doch arg ans Herz gewachsen.«

Sie faltete die Hände wie zu einem Gebet.

»Ich dachte, die Polizei sei darüber informiert.«

Prüfend sah sie ihn an.

»Nein, das war mir nicht bekannt und es geht uns im Grunde genommen auch nichts an. Zumindest nicht so lange, wie es Frau Homberg gutgeht. Sie muss niemandem gegenüber Rechenschaft über ihren Wohnsitz abgeben, außer sich selbst.«

Nach einer kurzen Pause des Nachdenkens fuhr er fort. »Können Sie mir vielleicht Näheres über die Umstände ihres Wegzugs erzählen?«

»Natürlich. Es ging Nele damals ziemlich schlecht nach der Sache mit dem Wahnsinnigen und seiner verrückten Mutter. Mindestens ein halbes Jahr lang war sie in der Psychiatrie untergebracht und bekam starke Psychopharmaka verabreicht, das arme Ding. Ich habe sie jede Woche einmal besucht und musste mit ansehen, wie sie immer weniger wurde. Blass und schmal. Sie hat kaum noch etwas gegessen, sah aus wie eins von diesen unterernährten Models, die sie immer im Fernsehen zeigen. Und ihre Augen hätten Sie sich mal anschauen müssen. Ohne jegliche Lebensfreude. Immer starrte sie nur gegen die Wand. Manchmal ist sie mit mir in den Garten gegangen, aber genießen konnte sie weder die Sonne noch das blühende Leben der Pflanzen.«

Dicke Tränen kullerten der alten Dame während des Redens die Wangen herunter.

»Aber ein Stück von meinem selbstgebackenen Apfelkuchen, das hat sie immer brav aufgegessen.«

Ein zaghaftes Lächeln huschte über ihr Gesicht.

»Darf ich Ihnen auch eins anbieten, Herr Kommissar? Und wie wäre es mit einer Tasse frisch aufgebrühtem Kaffee?«

Bevor Abel noch etwas erwidern konnte, war sie bereits in die Küche verschwunden. Abel kratzte sich nachdenklich am Kopf und bewunderte die alte Dame für ihr Engagement in Bezug auf Frau Homberg, als die kleine, quirlige Frau auch schon mit einem Tablett zurückkehrte und das Geschirr vor ihn hinstellte.

»Hm, der Kuchen sieht aber wirklich lecker aus. Vielen Dank für die Einladung.«

Er schob sich mit der Gabel ein Stück in den Mund und spülte es mit einem Schluck Kaffee hinunter.

»Haben Sie eigentlich heutzutage auch noch Kontakt zu Frau Homberg?«

»Ja, wir telefonieren ab und zu miteinander«, freute sich Alexandra Brehme. »Außerdem haben ihre Eltern mir das freundliche Angebot unterbreitet, Nele zu besuchen. Aber das ist für eine alte Frau wie mich viel zu weit entfernt. Mir reicht es zu wissen, dass sie wieder einigermaßen mit ihrem Leben zurechtkommt, obwohl ich sie natürlich gern einmal wieder in die Arme schließen würde.«

Seufzend sprach sie weiter. »Ihre Eltern und auch ihr Bruder sind der größte Halt für das junge Ding, wenn Sie verstehen, was ich meine.«

Versonnen strich sie über die Tischdecke.

»Aber warum fragen Sie mich das eigentlich alles?«

Ihr dünner Hals reckte sich in die Höhe, um nur ja nichts von der Antwort zu verpassen.

»Tja, wie fange ich am besten an?«, begann Abel vorsichtig, um Alexandra Brehme nicht zu schockieren, wurde aber von ihr unterbrochen.

»Papperlapapp, auf mich brauchen Sie nun wirklich keine Rücksicht zu nehmen. Also reden Sie einfach frei von der Leber weg, junger Mann.«

»Gut, ganz wie Sie wünschen. Dann mache ich es halt so kurz wie möglich. Also, Dominik Wanke konnte während eines Arztbesuches den ihn begleitenden Justizbeamten überlisten und entkommen. Danach hat er seinen ehemals geleisteten Schwur vermutlich in die Tat

196

umgesetzt. Zwei junge Frauen wurden auf bestialische Weise ermordet. Alle Anzeichen deuten auf ihn hin.«

»Oh mein Gott!«, rief Frau Brehme erschrocken aus und griff sich ans Herz. »Als wenn ich es geahnt hätte. Mein Fernseher ist defekt, deshalb kann ich momentan keine Nachrichten empfangen und die Zeitung bekomme ich immer erst nach zwei Tagen. Das ist wesentlich preiswerter, als sie tagesaktuell kaufen zu müssen«, versuchte sie sich zu rechtfertigen.

»Aber steht denn überhaupt fest, dass er es war der die Frauen umgebracht hat?«

Ängstlich forschte sie in den Augen des Kommissars.

»Meine Kollegen vernehmen ihn gerade. Was dabei herauskommt vermag ich nicht zu sagen. Das Beste wäre natürlich ein Geständnis. Eingesperrt wird er auf alle Fälle wieder, denn er zählt als gemeingefährlich und muss seine Strafe selbstverständlich weiterhin verbüßen.«

»Wer waren seine vermeintlichen Opfer?«

»Er hat, so zumindest der jetzige Stand, zwei fünfundzwanzigjährige Freundinnen auf dem Gewissen, die nach einer Kinovorstellung, ähnlich wie Frau Homberg, die Abkürzung durch den Park genommen haben. Beide sind ihren schweren Verletzungen erlegen.«

Er räusperte sich. »Nähere Details möchte ich Ihnen allerdings ersparen. Einzelheiten werden Sie noch früh genug aus den Medien erfahren.«

»Sie müssen diesen Unhold unbedingt wieder einsperren, bevor er noch mehr Unheil anrichtet, Herr Kommissar.«

Eindringlich sah sie ihn an und strich sich eine vorwitzige Strähne ihres grauen Haares aus dem Gesicht.

»Das haben wir bereits, Frau Brehme«, versuchte er die aufgebrachte alte Dame zu beruhigen. »Nachdem er auch noch ein weiteres Opfer in seine Gewalt gebracht hatte, konnten wir ihn wieder dingfest machen, also festnehmen.«

»Oh, da bin ich aber erleichtert das zu hören, mir fällt geradezu ein Stein vom Herzen. Haben Sie ihn plumpsen hören, Herr Kommissar?«

»Hab ich, liebe Frau Brehme«, schmunzelte er und trank den letzten Schluck Kaffee aus. »Vielen Dank übrigens für den leckeren Kuchen und den ausgezeichneten Kaffee, aber ich muss dann mal wieder zur Dienststelle.«

Bei dieser Bemerkung erhob sich Abel aus dem Sessel. »Wenn Sie mir vielleicht noch die Telefonnummer und die Adresse von Frau Homberg geben könnten, wäre ich Ihnen sehr dankbar.«

»Natürlich, Herr Kommissar. Warten Sie bitte einen Augenblick. Ich glaube, ich habe Neles Anschrift zusammen mit der Handynummer an meiner Pinnwand in der Küche kleben.«

Nur kurze Zeit später kehrte sie mit einem Notizzettel zurück.

»Hier, ich habe Ihnen alles aufgeschrieben.«

Sie drückte ihm das Blatt Papier in die Hand und begleitete ihn zur Wohnungstür. »Ich bin ganz aufgelöst, Herr Kommissar, muss mich erst einmal wieder sammeln. Meinen Sie denn, ich bin auch in Gefahr?«

»Nein, ich denke nicht, dass Sie gefährdet sind, Frau Brehme. Ich habe zwar großen Respekt vor ihrem Alter, aber unser Täter hat es ausschließlich auf junge Frauen abgesehen, die sich nachts draußen herumtreiben, nicht auf ältere Damen. Und da wir Dominik Wanke bereits wieder festgenommen haben, sollten Sie wahrlich nichts mehr zu befürchten haben.«

»Und was ist, wenn sich ein Trittbrettfahrer seiner Methoden bedient hat?«, hakte sie nach. »Dann verlange ich unbedingt Personenschutz für den Fall, dass der Verbrecher in mir eine Bedrohung sieht.«

»Warum sollte er das tun?«, fragte der Oberkommissar erstaunt und zog die Augenbrauen in die Höhe.

»Na, weil ich mit Ihnen kooperiere«, kam es wie aus der Pistole geschossen. »Am liebsten wäre mir natürlich, wenn sie persönlich für mein Wohlergehen sorgen könnten, junger Mann.«

»Sobald Sie etwas Auffälliges bemerken, dürfen Sie mich gerne zu jeder Tages- und Nachtzeit anrufen.«

Mit einem Augenzwinkern überreichte er ihr seine Visitenkarte.

»Das mache ich, Herr Kommissar«, lächelte sie zuversichtlich. »Habe ich Ihnen eigentlich schon gesagt, dass Sie große Ähnlichkeit mit meinem verstorbenen Mann August haben?«

»Ja, das haben Sie, sogar mehr als nur einmal«, erwiderte er und eilte die Treppe hinab.

Draußen vor dem Haus wehte ein kühler Wind. Abel stellte den Kragen seiner Jacke auf und lief zu seinem Dienstwagen. Nach einem kleinen Abstecher ins Krankenhaus wollte er zu Hause wenigstens zwei

Stunden schlafen. Die Kollegen würden alles Erforderliche selbstständig erledigen, er konnte sich auf sie verlassen.

Ausgelaugt und ausgebrannt fühlte sich Dominik Wanke von den Vernehmungen. Die Bullen hatten ihn über mehrere Stunden ins Kreuzverhör genommen und immer wieder dasselbe gefragt. Doch er war clever gewesen und blieb ihnen die meisten Antworten schuldig.

Seine Pflichtverteidigerin, eine rothaarige Schlampe, laberte statt seiner die ganze Zeit über und versicherte ihm ständig, dass sie nur sein bestes wolle. Als wüsste sie auch nur ansatzweise, wie der Hase läuft. Lediglich vor dem hinterhältigen Staatsanwalt musste man auf der Hut sein, der war mit allen Wassern gewaschen und stellte Fangfragen.

Aber mich kocht so schnell keiner weich. Was habe ich schon zu verlieren? Nichts, absolut gar nichts. Klar hätte ich die Morde auch gestehen können, aber wem bringt das was? Nur den Bullen, mir nicht. Ärgerlich, dass der verschissene Typ von der Staatsanwaltschaft beim Richter gleich einen Haftbefehl gegen mich erwirken konnte, war aber nicht anders zu erwarten. Ich habe wohl zu viele Spuren hinterlassen. Trotzdem werde ich es euch auch weiterhin so schwer wie möglich machen. Der Anfang war zumindest schon mal recht vielversprechend, auch wenn die mich vorerst wieder außer Gefecht setzen. Aber irgendwann wird sich schon noch eine neue Gelegenheit zur Flucht bieten und dann werdet ihr mich erst richtig kennenlernen, so wahr ich Dominik Wanke heiße.

Ein unglaubliches Gefühl von Macht ergriff ihn und sorgte, trotz der vergangenen anstrengenden Stunden, für eine gewisse Heiterkeit.

Erst vor wenigen Minuten hatten sie ihn in diese Zelle gebracht, bei der es sich sozusagen um eine Arrestzelle oder Ausnüchterungszelle handelte. Hier gab es nicht viel zu inspizieren. Der Raum befand sich im Keller des Polizeigebäudes, fernab vom eigentlichen Geschehen. Nur ein knüppelhartes Bett und ein kleiner Tisch mit Stuhl befanden sich darin. Hinter einer Trennwand hing die Kloschüssel. Er grinste spöttisch und machte es sich auf seiner Pritsche bequem. Er brauchte keine Decke, war Kälte gewohnt. Also rollte er die Decke zusammen und packte sich das wollene Teil unter den Kopf, um das platte Kissen aufzupeppen. Die Arme hinter dem Kopf verschränkt, stierte er unter die Decke und hing seinen Gedanken nach.

Die Sache mit der Bullenschlampe ist beschissen gelaufen. So ein Miststück, ruft einfach ihren Alten an. Das werde ich ihr heimzahlen. Irgendwann kriege ich dich noch, du dämliche Fotze. Wir beide hätten ein paar nette Stunden miteinander verbringen können.

Er lachte verächtlich, bevor unmissverständliche laute Geräusche an sein Ohr drangen. Nebenan musste noch irgendwer untergebracht sein, es war nicht zu überhören, weil derjenige wie am Spieß schrie und einen Arzt verlangte. Es war ein Genuss, die Probleme anderer mitzubekommen. Das plötzliche Knurren seines Magens erinnerte ihn daran, heute nichts gegessen zu haben.

Scheiße, ich habe Hunger, verdammten Hunger und auch Durst. Hoffentlich kriege ich bald was zwischen die Zähne. Wie spät es wohl ist?

Nach kurzer Überlegung entschloss er sich, für einen Moment die Augen zu schließen.

Ich habe mir ein kleines Nickerchen redlich verdient. Es ist viel passiert seit gestern Abend.

Während er sich auf die Seite drehte, gingen seine Gedanken noch einmal zu Bettina Marz.

Ich war dir immer ein guter Sohn und alles was ich tue, ist nur für dich. Gute Nacht, Mutter.

Ein Geräusch ließ ihn herumfahren. Im ersten Augenblick wusste er nicht wo er sich befand. Verschlafen richtete er sich auf. Ein Polizist betrat die Zelle und stellte ein Tablett auf den Tisch. Ein anderer stand in der Tür und beobachtete Dominik Wanke argwöhnisch.

»Hier, dein Abendbrot. Hoffentlich bleibt es dir im Halse stecken.«

Die Stimme des Beamten triefte vor Verachtung. Man sah ihm an, dass er Wanke am liebsten etwas anderes als Essen verabreicht hätte. Sein Kollege verzog indes keine Miene und hielt die Waffe umklammert. Er schien nur darauf zu warten, dass Wanke eine unbedachte Bewegung machte, um dann begründet eingreifen zu können.

»Mit Typen wie dir sollte man genauso umgehen, wie du deine Opfer behandelt hast, elendes Dreckschwein«, versuchte der Beamte ihn zu provozieren. Gleichzeitig vollführte er eine massakrierende Handbewegung Richtung Hals, bevor er wieder ging und die Tür hinter sich und seinem Kollegen sorgfältig verschloss.

Träge erhob sich Wanke von seinem Lager und zog den Tisch an die Pritsche heran. In freudiger Erwartung warf er einen Blick unter die Haube des Tellers, um sie sofort wieder darauf zu stülpen.

Angewidert verzog er das Gesicht und schüttelte sich noch im Nachhinein beim Anblick der fetten Spinne, die mitten auf der mit Wurst belegten Brotscheibe prangte. Der Appetit war ihm gehörig vergangen. Wenn er etwas hasste wie die Pest, dann waren es Spinnen. Nicht die dünnen mit den langen Beinen, sondern die dicken mit den kurzen schwarzen, behaarten Gliedern. Allein der Gedanke daran ließ ihn erschauern. Schon als Kind gab es für ihn kaum etwas Schlimmeres, als diese krabbelnden Ungeheuer. Seine Mutter hatte ihn damit an den Rand des Wahnsinns getrieben, wenn sie die angeblich nützlichen Viecher sammelte und für ihn aufbewahrte. Noch vor dem Zubettgehen deponierte sie einige Prachtexemplare in seinem Bett, um ihn entweder für irgendetwas zu bestrafen, oder auch nur zu ihrer eigenen Belustigung. Wenn er dann im Bett lag, verriegelte sie von außen seine Zimmertür, damit er nicht abhauen konnte. Während er von innen mit den Fäusten panisch gegen die Tür schlug, stand sie von außen lauschend davor und rieb sich erregt die Hände.

Das war nicht schön von dir, Mutter, wirklich nicht. Und für diese gemeinen Schandtaten musstest du auch büßen

Er kicherte, weil ihm einfiel, dass er ihr bei nächstbester Gelegenheit eine bissige Ratte in die Einkaufstasche gepackt hatte.

Strafe musste sein, Mutter. Wie du mir, so ich dir und genauso und nicht anders bin ich doch von dir erzogen worden.

Wieder ließ ihn ein Geräusch herumfahren. Doch diesmal waren es nicht die perversen Bullenschweine, die sich ungebeten Zutritt verschafften, sondern seine Strafverteidigerin betrat den kleinen Raum. Ihre mitgebrachten Türsteher hielten sich dezent im Hintergrund.

»Herr Wanke, man wird Sie gleich wieder in die Psychiatrie verlegen. Wie geht es Ihnen?«

»Dämlich Frage!«, schnaubte er und spuckte. »Wie soll es mir schon gehen, du blöde Kuh?«

Wütend fegte er das Tablett vom Tisch und stürzte sich wie ein Raubtier auf die Anwältin. Bevor sie überhaupt reagieren konnte, hatte er ihr die Kehle zugedrückt. Ein Beamter sprang hinzu und versuchte den Tobenden in den Griff zu bekommen, während der andere laut nach Unterstützung schrie, bevor er seinem Kollegen zu Hilfe eilte. Mit vereinten Kräften gelang es ihnen, Wankes Arme auf dem Rücken zu fixieren.

Die Verteidigerin lag benommen am Boden und hielt sich den Hals. Erst als noch weitere Beamte angestürmt kamen, schafften sie es endlich, den ausgerasteten

Wanke zu bändigen und für die Juristin einen Rettungswagen anzufordern.

»Das Beste wäre, wir erschießen das Schwein gleich.« Die Pistole im Anschlag zielte ein junger Kommissar auf Wankes Kopf.

»Bist du verrückt geworden?«, fuhr ihn sein Gegenüber an. »Reiß dich mal ein bisschen zusammen, sonst sorge ich dafür, dass du vom Dienst suspendiert wirst. Sobald der Arzt da ist, muss er dem Wanke eine Beruhigungsspritze verpassen, bevor er völlig ausrastet.«

»Ich bringe euch alle um, ihr Arschlöcher!«, wehrte sich Wanke mit Händen und Füßen gegen die übermächtigen Polizeibeamten.

Wie von Sinnen biss und trat er um sich. Soeben hatte er den vor sich stehenden Mann durch einen Tritt in die Hoden außer Gefecht gesetzt. Ein Weiterer hielt sich die blutende Hand.

»Verfluchte Scheiße. Dieser Mistkerl hat mich doch tatsächlich gebissen, ich fasse es nicht.«

Nach einer schier endlos erscheinenden Zeit hatten sie ihn endlich überwältigt. Er lag auf dem Bauch, die Hände auf den Rücken gefesselt. Ein Mann vom KDD kniete auf ihm und drückte seinen Kopf auf den Boden, während ein zweiter zusätzlich seine Unterschenkel in Höhe der Knöchel fixierte.

Der eingetroffene Notarzt kümmerte sich zunächst um die verletzte Anwältin, die noch immer nach Luft rang.

»Ich spritze Ihnen jetzt etwas zur Erweiterung der Atemwege und ein zusätzliches Mittel, damit Sie etwas gelassener werden. Danach nehmen wir Sie vorsichtshalber zur Beobachtung mit in die Klinik.«

Dankbar nickte sie ihm zu und rieb sich noch immer den schmerzenden Hals. Während der Rettungsassistent die Bisswunde des jungen Beamten versorgte, verabreichte der Arzt dem hilflos erscheinenden Wanke die erforderliche Beruhigungsspritze. Der schrie dabei wie am Spieß, was den Anwesenden lediglich ein schadenfrohes Grinsen entlockte.

»Wenn er sich beruhigt hat, müssen wir ihm die Fixierung an den Beinen wieder entfernen, damit er zum Wagen laufen kann.«

Der leitende Beamte des Kriminaldauerdienstes, KOK Baldauf, winkte seinen Kollegen heran.

»Hier, Thomas, setz du dich mal so lange auf ihn, bis das Mittel wirkt. Ich muss unbedingt noch mit dem Arzt unter vier Augen sprechen.«

Der Mediziner war damit beschäftigt, einen weiteren verletzten Beamten notdürftig zu versorgen, als Kriminaloberkommissar Baldauf auf ihn zukam.

»Was meinen Sie, Herr Doktor. Können wir den Gefangenen unter diesen Umständen überhaupt normal transportieren?« Nachdenklich kratzte er sich am Kinn.

»Wenn ich Ihnen einen Rat geben darf, Herr Kommissar, dann sehen Sie zu, dass jemand von der Psychiatrie rauskommt und Sie auf dem Transport begleitet. Die kennen sich mit derart renitenten Patienten bestens aus. Oder besser wäre noch, man holt den Gefangenen mit einem Spezialfahrzeug ab, in welchem er zusätzlich gesichert werden kann. Dieser Mann scheint vom Teufel besessen zu sein.«

Fassungslos über das eben Erlebte schüttelte er den Kopf.

»Was ist mit ihren verletzten Kollegen? Sollen wir noch einen weiteren Krankenwagen anfordern?«

Er nahm seine Tasche vom Boden auf und bewegte sich auf das Büro zu.

»Erst einmal müssen wir uns einen Überblick der Situation verschaffen, dann sehen wir weiter. Ich danke Ihnen für Ihre rasche Hilfe«, sagte Baldauf und verabschiedete den Arzt mit einem freundschaftlichen Schlag auf die Schulter.

Ein regelrechter Orkan wütete in Wankes Kopf. Ähnlich einem Karussell schien sein Gehirn sich im Kreis zu drehen. Blitze zuckten unaufhörlich vor seinem geistigen Auge. Allein der Gedanke an die Spinne heute und an die vielen anderen aus seiner Kindheit regten ihn dermaßen auf, dass es nur noch einer winzigen Kleinigkeit bedurfte und er würde endgültig ausrasten.

Die Hände zu Fäusten geballt, biss er sich auf die Unterlippe. Schaum quoll aus seinen Mundwinkeln hervor. Unbändige Wut übermannte ihn, schnürte ihm die Kehle zu. Wut, die er schon früher nicht kontrollieren konnte. Als sich dann auch noch die Tür öffnete und die rothaarige Schlampe seine Zelle betrat, war das Maß voll.

Nicht reden, jetzt bloß nicht reden, du garstige Alte. Wehe, wenn du auch nur ein Wort zu mir sagst. Wieso kannst du dein Maul nicht halten. Jetzt muss ich dich für immer zum Schweigen bringen. Muss deinen ekeligen dürren Hals mit meinen Händen umschließen. Muss ihn brechen, diesen widerlichen langen Schlund, bis er nicht mehr zucken kann. Muss deine rote Fresse mit Gewalt zur Ruhe zwingen, damit ihr nie wieder ein Wort entweichen wird. Ich muss dir die Augen ausstechen, damit sie nie wieder stieren können. Ich muss dir die roten Haare ausreißen und sie verbrennen, damit sie aufhören zu wachsen. Ich will dich schreien hören, will dich leiden sehen. Ich werde dich töten.

Er war seinem Ziel so nahe gekommen, hatte sie bereits in seinen Fängen, als ein Heer von Bullen sich auf ihn stürzte und zu Boden riss. Er musste sich wehren, durfte sich nichts gefallen lassen, sonst würden sie ihn vernichten. Aber sie waren in der Überzahl und bezwangen ihn. Drückten ihn nieder, fesselten ihn und verabreichten ihm eine Spritze. Der Einstich brannte höllisch und er hörte sich schreien, bäumte sich auf. Versuchte sich aufzurichten, wegzulaufen. Die Kraft wich aus seinen Gliedmaßen, ließ seinen Kopf auf den Boden sinken. Er spürte ein Kribbeln in den Händen und Füßen, das sich über den ganzen Körper ausbreitete und in einer unendlichen Müdigkeit endete.

Ich will schlafen, nur noch schlafen.

Wanke hatte von dem anschließenden Transport in die Psychiatrie nicht viel mitbekommen. Nach seiner Ankunft in der Klinik wurde er in einem Sicherheitstrakt untergebracht, dessen Zutritt nur dem Personal und Staatsdienern unter strengsten Sicherheitsvorkehrungen gestattet war. In diesem Trakt befanden sich ausschließlich schwere Fälle, die aufgrund ihrer Unzurechnungsfähigkeit und Gewaltbereitschaft statt im Gefängnis in der Psychiatrie beherbergt wurden.

Missmutig starrte er aus dem vergitterten Fenster seines spärlich eingerichteten Zimmers. Er wartete auf die beiden Beamten, die ihn gleich zu Pleines bringen würden. Mittlerweile machte es ihm sogar Spaß, die Fragen des Kommissars zu beantworten, der seit drei Tagen in Folge seine Gesellschaft suchte. Eine willkommene Abwechslung die es Wanke ermöglichte, außerhalb des Raumes noch etwas anderes zu sehen.

Heute taucht der Bulle schon zum dritten Mal hier auf und stellt mir diese dämlichen Kackfragen. Ich spiele mit ihm und er merkt es nicht einmal. Er denkt clever zu sein, aber in Wirklichkeit bestimme ich hier die Spielregeln. Diesmal werde ich ihm erzählen, wie ich mein allererstes Opfer entsorgt habe, auch wenn er es eigentlich gar nicht wissen will, weil es nichts mit den jetzigen Huren zu tun hat. Doch er wird mir zuhören müssen, ansonsten verweigere ich einfach die Aussage.

Die Tür wurde geöffnet und ein Justizbeamter kam herein. Ein zweiter blieb zur Sicherheit im Eingangsbereich stehen.

»Herr Wanke, wir bringen Sie jetzt zur Vernehmung zu Kriminalhauptkommissar Pleines.«

Mit einer Handbewegung forderte er ihn auf, sich umzudrehen.

»Wie Ihnen mittlerweile bekannt sein dürfte, ist es Ihnen nur in Handschellen gestattet, den Raum zu verlassen.«

Wanke störte sich nicht an den emotionslosen Worten des Wärters. Er kannte die Sprüche aus der Vergangenheit und grinste nur unverschämt.

***

Pleines wartete bereits in dem eigens zur Vernehmung eingerichteten Büro und saß hinter einem altertümlichen Schreibtisch. Der Raum insgesamt wirkte düster und war mit antiken Möbeln ausgestattet, völlig überladen. Die dunkle Jahreszeit tat ihr Übriges und verlieh dem Ganzen eine bedrückende Atmosphäre. Während Wanke sich dem Kommissar gegenüber platzierte und selbstgefällig die Beine übereinanderschlug, nahm einer der beiden begleitenden Beamten seitlich auf einem Stuhl Platz. Der andere positionierte sich zur Sicherheit aller Anwesenden im Hintergrund.

»Herr Wanke, hallo«, begrüßte Pleines den unsympathischen Mann.

Wenn ich dieses überhebliche Arschloch nur sehe, könnte ich schon kotzen. Muss mich zusammenreißen, darf mir nichts anmerken lassen, sonst macht er mit mir was er will.

»Sie wissen, weshalb ich heute wiedergekommen bin?«

Pleines begann wie gewohnt seine Litanei herunter zu rattern und beobachtete sein Gegenüber dabei eindringlich.

»Wenn Sie mir versprechen sich ruhig zu verhalten, nimmt Ihnen der Kollege für die Zeit der Anhörung die Handschellen ab.«

Er nickte dem Wachmann zu.

»Klar bin ich ruhig und logisch weiß ich, was ich hier soll.«

Er beugte seinen Oberkörper vor, damit der andere ihn auch verstand.

»Mit dir ein Käffchen trinken und ein Schwätzchen halten, was denn sonst.«

Sein schallendes Gelächter sorgte für das Entblößen einer Reihe gelber Zähne.

»Einen Kaffee können wir gern mal zusammen trinken, sofern Sie bereit sind mir etwas über sich und Ihre Straftaten zu erzählen.«

Betont lässig spielte Harald Pleines mit seinem Kugelschreiber und griente Wanke an.

»Was willst du denn hören, hä?«, blaffte er mit vorgebeugtem Oberkörper und kraulte sich nebenbei ungeniert die Hoden.

Er ist durch und durch ein Widerling und stinkt genauso aus dem Hals, wie er sich gibt. Pfui Teufel.

»Wie wäre es, wenn Sie mir heute einmal erzählen würden, wo Sie sich die beiden Tage nach Ihrer Flucht aus der Psychiatrie aufgehalten haben.«

Ungeduldig rutschte Pleines auf dem Stuhl hin und her.

»Das möchtest du wohl gerne wissen, was?«, konterte Wanke und verschränkte triumphierend die Arme vor der Brust. »Aber das musst du schon selber herausfinden, von mir erfährst du es jedenfalls nicht.«

Provokant starrte er den Kommissar an.

»Ihnen ist aber auch klar, dass, wenn Sie nicht mit mir kooperieren, es unangenehme Folgen für Sie haben kann.«

»Was denn für Folgen, du Witzbold? Ob ich nun zehn oder zwanzig Jahre kriege ist doch scheißegal, Mann. Irgendwann ergibt sich schon eine Gelegenheit und dann bin ich wieder weg.«

Er machte eine wegwerfende Handbewegung.

»Wenn du was von mir wissen willst, musst du dich schon mit dem zufriedengeben, was ich dir zu erzählen bereit bin.«

»Und was würden Sie mir gern erzählen?«

Scheinbar gelangweilt zupfte sich Pleines ein paar Flusen von seinem Pullover.

»Zum Beispiel, wie ich Mutters erste Gesellschafterin kalt gemacht habe. Die polnische Schlampe, die hier keiner vermisst hat, weil sie ja eigentlich gar nicht mehr da war.«

Er lachte laut und rieb sich genüsslich die Hände.

»Okay, reden wir also über Katja Malysa.«

Es ist nicht das, was ich mir für heute erhofft habe, aber besser als Nichts. Es wird eh nicht bei diesen drei Besuchen bleiben.

Gespannt wartete er auf Wankes Reaktion.

»Die Hure habe ich von der Straße aufgelesen, als sie zurück nach Polen trampen wollte. Das war damals zu Mutters Geburtstag. Die dusselige Kuh wollte das Geld für den Bus sparen.«

Sein Gesicht nahm einen verklärten Ausdruck an.

Elendes Muttersöhnchen.

»Die ist hier irgendwo in Deutschland Au Pair Mädchen gewesen und wollte wieder zurück in ihre Heimat. Ihr Pech, dass sie mir vertraute und glaubte ich fahre zum Bahnhof.«

Er tippte sich an die Stirn.

»Wie kann man bloß so naiv sein. Na ja, ich habe ihr gesagt, dass meine Mutter Geburtstag hat und ich erst nochmal nach Hause müsse, bevor ich sie in die Stadt fahren kann. Da ist sie eben mitgekommen. Mutter hat sich unheimlich über ihren Besuch gefreut und gemeint, sie könne doch noch ein bisschen bei uns bleiben und sich von den Strapazen der vergangenen Tage erholen, aber sie wollte nicht.«

Er kicherte, während er auf den Boden blickte und seine Schuhe eingehend betrachtete.

»Mutter hat ihr extra ein Zimmer im Keller hergerichtet und wir haben dann gemeinsam beschlossen, dass sie für längere Zeit bei uns bleiben muss, eben für immer. Hat sie ja keiner vermisst zu Hause.«

Er zuckte mit den Schultern und schien plötzlich geistesabwesend zu sein.

»Wie lange lebte Katja denn bei Ihnen auf dem Hof?«, fragte Pleines nach einer angemessenen Zeit der Stille.

»Ungefähr ein halbes Jahr, dann ist sie plötzlich gestorben«, antwortete er trotzig und knetete nervös seine Hände. Er wirkte mit einem Mal wie ein großer Junge der etwas angestellt hatte.

Er ist ein Weichei, ein Versager, eine richtige Memme. Ich muss höllisch aufpassen, was ich jetzt sage und frage, damit er nicht wieder ausrastet. Ich muss zum Schein auf ihn eingehen.

Er räusperte sich, bevor er fortfuhr.

»Erzählen Sie, Dominik, ich höre Ihnen zu.«

»Mutter hat sie zur Bestrafung ziemlich oft in den Sarg gesperrt und manchmal einfach nur vergessen sie danach wieder rauszulassen Das hat sie mir gegenüber jedenfalls gesagt, aber ich glaube, dass es nur eine Ausrede von ihr war. In Wirklichkeit wollte sie die Polin nämlich gar nicht mehr um sich haben, weil die ohne Murren alles mitmachte was Mutter befahl. Die blöde Schlampe war auf die Dauer zu öde und sollte sowieso irgendwann durch eine andere ersetzt werden.«

»Also steckte Vorsatz hinter dem Tod der Katja Malysa?«, hakte Pleines nach und runzelte skeptisch die Stirn.

»Na klar, was denn sonst«, zuckte Wanke die Schultern. »Mutter konnte ganz schön fies sein, wenn ihr irgendetwas nicht in den Kram passte. Sie hat mir alle paar Tage mal erlaubt mit Rapunzel zu machen, wozu ich Lust hatte. Aber immer nur für kurze Zeit, dann musste ich wieder hoch. Also habe ich der Schlampe auf die Schnelle gegeben was sie brauchte. Mal von vorn, mal von hinten, wie es mir gerade in den Schädel kam.«

Er machte eine Pause.

»Hat ja auch Spaß gemacht.«

Kommissar Pleines kochte vor Wut, riss sich aber am Riemen.

»Haben Sie Katja auch geschlagen?«

»Na klar hab ich sie verprügelt, was denkst du denn. Frauen muss man schlagen, damit sie Respekt vor einem haben. Nach dieser Devise hat mein Vater früher schon gelebt und auch gehandelt.«

»Woran ist Katja gestorben?«

»Hast du nicht zugehört, Mann? Mutter hat sie in den Sarg geschickt und sich dann zwei Tage nicht um sie gekümmert. Na ja, und auf Essen und Trinken musste sie während dieser Zeit natürlich auch verzichten.«

216

»Hat sie denn in dem Sarg nicht geschrien?«

»Doch, aber nur am ersten Tag, am zweiten habe ich nichts mehr gehört.«

»Wie oft inszenierten Sie eigentlich diese Art von Theaterstücken?«

»Jeden Tag«, antwortete er prompt und schien verwundert, dass Pleines diese Frage überhaupt stellte.

»Das war gar nicht immer so leicht sich ständig was Neues einfallen zu lassen. Eines Tages kam Mutter plötzlich auf die Idee einen Köter besitzen zu wollen.«

»War Katja dieser Hund?«

»Klar war sie das Vieh, wer denn sonst?«

»Aber auf ihrem Hof lief doch damals ein echter Hund herum?«

»Das war mein Hund, mein Schmusi«, erwiderte er ungehalten und stampfte mit dem Schuh auf, weil sein Gegenüber ihn ständig unterbrach.

»Jedenfalls hat Mutter für Rapunzel ein Halsband ausgesucht, das vielleicht ein bisschen zu eng war, sodass die Schlampe nur schlecht atmen konnte. Und wenn Mutter mit ihr Gassi gegangen ist und ein wenig zu heftig an der Leine gezogen hat, ließ es sich natürlich nicht vermeiden, dass Rapunzel manchmal im Gesicht erst rot und dann blau anlief. Ist doch logisch, wenn man keine Luft bekommt. Na ja, und beim letzten Mal hat Rapunzel ein ausgesprochen zickiges Verhalten an den Tag gelegt, deshalb musste ich ihr die Leviten lesen.«

»Inwiefern?«

Pleines spürte aufkommende Wut. Sein Magen rebellierte.

»Sie sollte nur unten auf dem Boden bleiben, wie sich das für einen gehorsamen Hund gehört. Mutter mag es nämlich nicht, wenn man ihr widerspricht. Aber die blöde Kuh ist ständig aufgestanden, weil ihr angeblich die Knie wehtaten. Deshalb musste ich sie zusätzlich noch an die Kette legen, aber die war wohl ein bisschen zu fest am Hals.«

»Aber was hat das mit dem Sarg oder der Kiste zu tun?«

»Sie musste mit dem angelegten Stachelhalsband in den Sarg klettern und Mutter hat dann angeordnet, dass ich den Deckel drauf packe. Kann schon sein, dass sie deswegen erstickt ist, ich habe keine Ahnung.«

Lässig schlug er die Beine erneut übereinander und starrte den Hauptkommissar an.

Pleines stellte mit Unbehagen fest, wie teilnahmslos Wanke seine Geschichte erzählte. Ohne jegliche Emotionen oder Reue und völlig mitleidlos, so als würde es um einen Kindergeburtstag gehen. Eine Gänsehaut kroch ihm an der Wirbelsäule entlang und schüttelte seinen Körper. Gleichzeitig beobachtete er alarmiert wie Dominik Wanke sich plötzlich an den Kopf fasste. Ein erstes Zeichen dafür, dass seine Stimmung zu kippen schien. Doch bevor Pleines reagieren konnte, sprang Wanke vom Stuhl auf und brüllte.

»Ich habe keinen Bock mehr deine bekloppten Fragen zu beantworten. Wenn du glaubst mich linken zu können, dann bist du bei mir an der falschen Adresse, Scheißbulle!«

Der Zugriff der beiden aufmerksamen Wachmänner erfolgte übergangslos. Um kein Risiko einzugehen, verschränkten sie seine Arme hinterrücks und legten ihm wieder Handschellen an. Ohne noch einmal

Gegenwehr zu leisten ließ er sich widerstandslos abführen.

»Puhhh«, schnaufte Pleines. »Das tue ich mir nicht noch einmal an. Beim nächsten Mal muss ein Psychologe zugegen sein. Der weiß besser, wie er mit so einem Psychopathen umzugehen hat.«

Kopfschüttelnd suchte er die Unterlagen zusammen und verstaute sie in seinem Aktenkoffer.

Kankenpfleger Carlo Hewig befand sich auf seinem letzten nächtlichen Rundgang, bevor die Kollegen und Kolleginnen des Frühdienstes ihn ablösen würden. Ein Blick auf die Wanduhr sagte ihm, dass es genau fünf Uhr in der Früh war. Bis halb sechs hatte er noch Zeit einen Blick in die letzten fünf Zimmer zu werfen, in denen sich verurteilte Straftäter befanden.

Er wollte sich vergewissern, dass alles seine Ordnung hatte. Die Scheiben der Türen waren mit Sicherheitsglas ausgestattet und nur von außen einsehbar. Laut Dienstanweisung durften diese Räume ausnahmslos im Notfall und unter besonderen Sicherheitsvorkehrungen betreten werden. Und niemals nur von einer kompetenten Person allein, immer mindestens zu zweit.

Etwa auf Augenhöhe befand sich in der Tür eine kleine Klappe, durch die Carlo Hewig mit dem Patienten sprechen durfte oder gar etwas hindurch schieben konnte.

Als er vor Zelle 303 ankam, bat ihn der darin untergebrachte junge Mann um eine Flasche Wasser.

»Herr Hewig, können Sie mir ausnahmsweise mal was zu trinken bringen? Ich habe seit dem Abendessen unheimlichen Durst.«

»Natürlich, mein Junge«, erwiderte der freundliche Pfleger. »Warte einen Moment und ich besorge dir eine Flasche.«

Hochgewachsen und von kräftiger Statur, stellte Carlo Hewig eine imposante Erscheinung dar. Die Insassen begegneten ihm mit Respekt und wussten seine Hilfsbereitschaft zu schätzen. Aufgrund seines starken Übergewichtes schwitzte er viel und wischte sich unentwegt mit dem Taschentuch den Schweiß von der Glatze.

Langsam ging er von Zimmer zu Zimmer weiter und blieb jeweils einen Moment vor der Scheibe stehen, um sich zu vergewissern, dass alles seine Ordnung hatte. Um diese Zeit schliefen auf dieser Station fast noch alle Patienten.

Was bleibt den armen Schweinen auch anderes übrig als zu schlafen.

Müde strich er sich über seinen Kopf und gähnte herzhaft.

Bin ich froh, dass gleich Feierabend ist und ich endlich in mein Bett komme.

Vor dem Zimmer 306 angelangt blieb er stehen und warf einen Blick hinein. Was er sah, ließ ihn für einen Augenblick ungläubig in seiner Bewegung verharren.

Dominik Wanke saß im Bett und rührte sich nicht. Sein Kopf ruhte auf der Brust, während die Arme schlaff an ihm herunterhingen. Der Körper wirkte leblos. Erschrocken drückte der Pfleger seine Nase fest an das Glas, um besser sehen zu können. Gleichzeitig betätigte er seinen Notruf-Pieper.

»Hier ist Pfleger Carlo Hewig von Station 3. Ich habe einen Notfall zu melden und benötige dringend Unterstützung durch den Wachdienst. Außerdem muss ein Arzt kommen, weil wir vermutlich einen Exitus haben, soweit ich das von außen beurteilen kann.«

Ohne eine Antwort abzuwarten öffnete er die Luke.

»Herr Wanke, ist bei Ihnen alles in Ordnung?«

Ach, du Scheiße, er reagiert nicht. Wieso rufe ich ihn eigentlich noch? Ich sehe doch, dass er sich nicht mehr bewegt. Verdammt noch mal, weshalb kann ich da nicht einfach rein und erste Hilfe leisten?

Schweiß lief seinen Rücken herunter, während seine Augen den endlos langen Flur nach den angeforderten Kollegen absuchten.

Die Zeit schien stillzustehen. Erst nach einer gefühlten Ewigkeit sah er zwei Männer angerannt kommen.

»Hierher, schnell, hierher!«, rief er ihnen entgegen und fuchtelte aufgeregt mit den Armen herum.

Jähe Unruhe breitete sich unter den übrigen Insassen aus, die an ihre Türen liefen und wissen wollten, was außerhalb ihrer eigenen vier Wände geschah. Hastig öffnete der Wachmann die Tür zu Wankes Zelle, um dann in der Türöffnung stehenzubleiben. Von hier aus verfolgte er die Vorgehensweise des Arztes, der den Patienten unter Einbeziehung des Pflegers untersuchte. Doch schon nach kurzer Zeit schüttelte der Mediziner den Kopf.

»Da ist nichts mehr zu machen, für den kommt jede Hilfe zu spät, er ist tot. Seine Pupillen sind stark geweitet und die Haut ist erstaunlich trocken und gerötet. Für mich sieht das nach einer Vergiftung aus.«

Er legte sein Stethoskop zur Seite und sah sich suchend um.

»Allerdings bin ich kein Toxikologe, deshalb ist meine Aussage mit Vorsicht zu genießen. Aber für den Pathologen dürfte es kein Problem darstellen, das herauszufinden. Es wird das Beste sein wir rufen die Kripo an, da es sich ganz offensichtlich um keinen natürlichen Todesfall handelt.«

»Und das ausgerechnet in meiner Nachtschicht«, stöhnte Carlo Hewig und starrte auf den Verstorbenen.

»Kann es sein, dass er Suizid begangen hat?«

Schweiß perlte auf seiner Stirn.

»Möglich ist alles«, meinte der Arzt und wiegte bedächtig den Kopf. »Aber wie ich bereits erwähnte müssen wir die Obduktion abwarten, um Konkretes sagen zu können. Kommen Sie, wir verschließen den Raum jetzt wieder und warten ab bis die Polizei eintrifft.«

»Übernehmen Sie den Anruf, Herr Doktor, oder soll ich?«, wollte der Pfleger wissen.

»Das erledige selbstverständlich ich.«

***

KHK Harald Pleines traf zwanzig Minuten nach der Spurensicherung in der psychiatrischen Klinik ein. Gespannt lauschte er den Ausführungen des Arztes, der ihm ausführlich von dem Vorfall zu berichten wusste.

Seit der Entdeckung der Leiche hatte niemand mehr das Zimmer betreten, sodass die Männer vom Erkennungsdienst ihrer Arbeit ungestört nachkommen konnten.

Wenn Wanke wirklich tot ist, steht auf jeden Fall auch fest, dass er künftig keiner Fliege mehr etwas zuleide tun kann.

»Hier Harald, schau mal was wir gefunden haben!«, rief ihm ein Kollege zu und hielt ihm ein zusammengeknülltes Stück Alufolie unter die Nase.

»Was kann das sein?«, fragte Pleines und betrachtete die in einem Zellophan Beutel befindliche Folie eingehend.

»Wir haben darin Reste von Krümeln gefunden, die von Keksen oder einem Stück Kuchen stammen könnten. Deshalb nehmen wir sie mit auf die Dienststelle und unterziehen sie dort einer eingehenden Untersuchung. Im Grunde genommen ist das auch schon alles was wir entdecken konnten. Abgesehen von der Einrichtung und den Klamotten die Wanke am Leib trug, hatte er offensichtlich keine privaten Gegenstände dabei.«

»Hm, woher kann die Folie stammen?«, sinnierte Pleines. »Ob die hier in der Anstalt abgepackten Kuchen verteilen?«

»Das musst du schon selber herausfinden«, erwiderte sein Kollege von der Spurensicherung schulterzuckend und streifte seine Einweghandschuhe von den Fingern.

»Ist schon klar. Ich muss das Personal ohnehin noch befragen. Wie weit seid ihr eigentlich mit eurer Tätigkeit?«

»Wir sind fertig. Von uns aus kann die Leiche in die Gerichtsmedizin gebracht werden. Hast du noch irgendwelche Fragen?«

»Tabletten oder Ähnliches habt ihr nicht gefunden, oder?«, erkundigte sich Pleines hoffnungsvoll.

»Nein, weder Medikamente noch irgendwelche anderen Speisereste. Nur die Flasche Wasser hier, aber die ist unberührt, noch original verschlossen. Wir nehmen sie aber trotzdem mit, nur zu deiner Information.«

»Okay, alles klar. Fragen habe ich an euch vorerst keine mehr. Wir sehen uns ja nachher auf dem Kommissariat. Ich mache mich dann mal auf den Weg zum Stationszimmer. Ihr schließt ab?«

»Wir warten noch so lange bis die Leiche abgeholt wird, dann verriegeln und versiegeln wir hier alles.«

Im Stationszimmer fand gerade die Schichtübergabe statt und sorgte im Zusammenhang mit den Geschehnissen der letzten Stunde für Aufregung. Neben den Schwestern und Krankenpflegern der Frühschicht waren auch noch der diensthabende Arzt und der Pfleger der Nachtschicht anwesend. Beide machten auf Pleines einen aufgewühlten Eindruck. Nachdem Pleines sich vorgestellt hatte, richtete er sein Augenmerk auf Carlo Hewig.

»Sie also haben die Leiche gefunden?«

Erwartungsvoll blickte er den schwitzenden Mann an.

»Das ist richtig«, bestätigte der Pfleger. »Ich habe ihn bei meinem letzten Rundgang entdeckt und bin seither mit den Nerven fix und fertig, Herr Kommissar.«

»Das kann ich nachvollziehen. Ich würde gern mit Ihnen unter vier Augen sprechen. Wo können wir uns ungestört unterhalten?«

»Sie dürfen gern das Zimmer nehmen, welches Sie auch für Verhöre nutzen. Es ist frei.«

Die Stationsschwester lächelte ihn an.

»Dass ich darauf nicht selber gekommen bin«, lachte Pleines verlegen. »Gut, gehen wir also in das leer stehende Büro.«

Hoffentlich habe ich keinen Fehler begangen.

Carlo Hewig tupfte sich den Schweiß von der Stirn.

»Wenn ich es richtig verstanden habe, lautet Ihr Name Carlo Hewig, Sie sind dreiundfünfzig Jahre alt und Pfleger auf dieser Station?«

»Ja, das stimmt alles«, nickte er zustimmend.

»Dann erzählen Sie mir doch bitte mal, wann und wie Sie Herrn Wanke vorgefunden haben.«

»Also, ich befand mich wie gewöhnlich morgens um fünf Uhr auf dem letzten Rundgang. Alle Patienten schliefen noch, bis auf den jungen Mann aus dem Zimmer 303, der mich um eine Flasche Wasser bat. Nachdem ich ihm die gebracht hatte, bin ich zum nächsten Zimmer weitergegangen und habe Wanke auf seinem Bett sitzend vorgefunden. Ich hatte gleich so ein komisches Gefühl.«

Mit einem riesigen Stofftaschentuch wischte er sich den Schweiß vom Kopf.

»Als er auf mein Rufen hin nicht reagierte, habe ich unverzüglich Alarm ausgelöst.«

Nervös glättete er das feuchte Taschentuch auf seinen Oberschenkeln und sah den Kommissar an.

»Wann waren Sie vor diesem Rundgang das letzte Mal unterwegs? Ich meine, wie oft kontrollieren Sie in der Regel die Zimmer?«

»Normalerweise schaue ich alle zwei Stunden nach dem Rechten, aber heute Nacht musste ich zwischendurch einmal meinem Kollegen auf der Nachbarstation aushelfen, da ist der vorletzte Gang ausgefallen.«

»Was können Sie mir über die Alufolie sagen, welche die Leute vom Erkennungsdienst vorgefunden haben?«

Pleines wunderte sich über den erhitzten Kopf seines Gegenübers, der plötzlich dunkelrot angelaufen war.

»Sie werden es vermutlich sowieso herausbekommen, deshalb sage ich es lieber gleich.«

Kleinlaut blickte der Krankenpfleger Pleines an.

»Ich glaube, ich habe Mist gebaut«, flüsterte er mit rauer Stimme.

»Wir sind unter uns, Herr Hewig. Erzählen Sie mir ruhig was Sie bedrückt. Ich merke schon die ganze Zeit, dass Ihnen etwas auf dem Herzen liegt was Sie loswerden wollen.«

Augenblicklich saß Pleines kerzengerade auf seinem Stuhl und lauschte äußerst interessiert den Ausführungen des Mannes, der ein Geheimnis mit sich herumzuschleppen schien.

»Ich übe diesen Job nun mittlerweile seit über dreißig Jahren aus, Herr Kommissar«, begann er mit einem tiefen Seufzer. »Und immer noch gerne. Aber manchmal habe ich sogar Mitleid mit den Patienten, die hier eingesperrt sind. Nicht, dass ich ihre Taten tolerieren würde, aber ich sehe stets auch den Menschen hinter jedem Unhold. Keiner von ihnen ist böse geboren worden, sondern das Leben hat sie zu dem gemacht was sie heute sind.«

Nach einer gedanklichen Pause erzählte er weiter.

»Ab und zu erhalten die Insassen Post von Verwandten oder Bekannten die natürlich genauestens geprüft werden muss, bevor sie dem Empfänger zugestellt wird. Das machen aber in der Regel nicht wir, sondern Kollegen aus einer anderen Abteilung. Es ist eine willkommene Abwechslung für alle und bei manch einem trägt es zur Genesung bei, in der Zukunft ein besserer Erdenbewohner zu werden. Meine Kollegen sind immer sehr streng mit der Verteilung der Briefe und Päckchen, aber ich drücke eben hin und wieder mal das eine oder andere Auge zu.«

Seine Hände spielten mit dem Taschentuch.

»Ich glaube auch heute noch an das Gute im Menschen und lasse mich nur ungern eines Besseren belehren. Außerdem steht doch noch gar nicht fest, dass es der Kuchen war, der für Wankes vorzeitiges Ende verantwortlich ist.«

Der letzte Satz wirkte auf Pleines beinahe trotzig.

»Ich glaube zu wissen, worauf Sie hinauswollen, Herr Hewig. Wenn ich es richtig verstehe haben Sie Wanke etwas zukommen lassen, was er hätte eigentlich nicht erhalten dürfen.«

Hellhörig geworden, beäugte er den Pfleger.

»Ja, Sie haben Recht. Ich habe ihm in Alufolie verpackten Kuchen gebracht. So, jetzt ist es raus.«

Ein tiefer Seufzer entrang seiner Kehle. Reumütig blickte er zu Pleines rüber.

»Meinen Sie wirklich der war vergiftet?«

»Das wird sich recht bald herausstellen«, konterte Pleines. »Jedenfalls gibt es keine konkreten Hinweise darauf, dass Wanke an Herzversagen oder dergleichen gestorben ist. Alles deutet auf eine Vergiftung hin. Meine Kollegen untersuchen die restlichen Krümel und dann werden wir sehen, wer oder was seinen Tod ausgelöst hat. Wenn Sie mir nun noch verraten würden, von wem der Kuchen stammt, lasse ich Sie für heute in Ruhe nach Hause fahren, damit Sie erst einmal schlafen können.«

»Wenn der Kuchen wirklich vergiftet war, weiß ich nicht ob ich Ihnen diesbezüglich weiterhelfen kann und will«, antwortete Carlo Hewig hastig.

»Einen Namen kenne ich ohnehin nicht, weiß lediglich, dass die betreffende Person ganz und gar nicht wie jemand auf mich wirkte, der gleich einen Mord begehen wird. Sondern erweckte bei mir eher einen besorgten und hilfsbereiten Eindruck.«

Stöhnend griff er sich an den Kopf.

»Momentan bin ich verwirrt und mit der Situation überfordert. Muss erst einmal in Ruhe über die Angelegenheit nachdenken. Die Person wird sich etwas dabei gedacht haben. Auch wenn ich es natürlich nicht gutheißen kann. Wissen Sie, Wanke war menschlich gesehen ein recht armes Schwein, litt an einer Persönlichkeitsstörung. Die Familie scheint die Wurzel allen Übels zu sein, so wirkt es zumindest auf mich. Seine Kindheit war von Gewalt geprägt und er hat mitbekommen, wie sein tyrannischer Vater gestorben ist. Nach dessen Tod lebte er nur mit seiner herrschsüchtigen Mutter zusammen. Er war ein absoluter Einzelgänger und nicht in der Lage sich gegen sie aufzulehnen.«

Nachdenklich fügte er hinzu: »Bitte, Herr Kommissar, geben Sie mir ein paar Stunden Bedenkzeit, dann werde ich Ihnen bei der Aufklärung behilflich sein. Ich will nur ganz sicher gehen, dass es am Kuchen lag.«

Beschwörend hob er die Hände.

»Ich mache Sie darauf aufmerksam, dass Sie durch Ihr Verhalten die laufenden Ermittlungen behindern und dass diese Vorgehensweise strafbar ist«, klärte Pleines den sichtlich verzweifelten Mann auf. »Dennoch bin ich bereit Ihnen bis heute Mittag Zeit zum Nachdenken zu geben. Mir ist lieber, Sie sagen mir um zwölf Uhr die Wahrheit, als dass Sie mich jetzt belügen. Viel eher wird die Gerichtsmedizin ohnehin nichts Näheres über die Todesumstände bekanntgeben und ich habe bis dahin noch eine Menge zu erledigen. Sobald ich etwas weiß rufe ich Sie an und dann verhandeln wir beide miteinander.«

Die äußerlich völlig unterschiedlichen Männer erhoben sich gleichzeitig von den Stühlen und verabschiedeten sich per Handschlag.

»Mehr Spielraum kann ich Ihnen nicht zugestehen.«

***

Nachdem Pleines einige Stunden später mit dem Pathologen gesprochen und von ihm erfahren hatte, dass Wanke an einer tödlichen Dosis Alkaloide und Atropin verstorben war, rief er den Pfleger an.

»Herr Hewig, es tut mir leid Ihnen mitteilen zu müssen, dass Dominik Wanke in der Tat vergiftet wurde und zwar mit einem Toxin, wie es in schwarzen Tollkirschen vorkommt. Nun ist es an der Zeit, dass Sie Ihr Geheimnis lüften.«

Gespannt lauschte er den Worten des sichtlich geknickten Pflegers, der aufgrund starker Schuldgefühle ohnehin nicht geschlafen hatte. Mit einem anerkennenden Pfiff beendete Pleines das aufschlussreiche Gespräch.

Mein lieber Scholli, wenn ich mit allem gerechnet habe, aber damit ganz gewiss nicht. Diese Neuigkeit dürfte Maurice brennend interessieren, vielleicht sogar aus den Latschen hauen. Ich muss ihn umgehend anrufen.

***

»Wie schön, Herr Kommissar, dass Sie noch einmal den Weg zu mir finden«, lächelte Alexandra Brehme den Kripobeamten Abel an. Sie wirkte gleichermaßen erfreut und ein wenig zerstreut.

»Bitte kommen Sie doch herein.«

Umständlich trat Abel seine Schuhe auf der Fußmatte ab und begab sich in das vertraut wirkende Wohnzimmer. Die alte Dame eilte wie immer vorweg. Wie schon einige Male zuvor nahm er in dem alten Sessel Platz, von welchem aus er das Ölgemälde an der gegenüberliegenden Wand sehen konnte. Der ehemalige Offizier August Brehme wirkte auf ihn gar nicht so liebenswert wie seine Frau ihn immer beschrieben hatte. Eher herrisch und unnachgiebig.

Nebenbei hörte Abel Frau Brehme in der Küche mit dem Geschirr hantieren und wartete ohne jegliche Hast auf ihre Rückkehr. Beim Hereintragen des Tabletts wirkte sie fahrig. Ihre sonst so ruhigen Hände zitterten und ihre Augen hatten plötzlich jeglichen Glanz verloren.

Diesmal kam der Kommissar der alten Dame zuvor und schenkte ihr den Kaffee ein. Nicht ein einziges Wort hatte er bislang mit ihr gesprochen, sondern ihr nur zugehört. Als sie ihm ein Stück Kuchen anbot, lehnte er dankend ab.

»Für mich heute nicht, Frau Brehme. Mir reicht eine Tasse Kaffee aus, aber ich würde gern ein Stück ihres köstlichen Apfelkuchens mit auf die Dienststelle nehmen, wenn Sie nichts dagegen haben.«

Geduldig wartete er ihre Reaktion ab.

»Sie dürfen gern den ganzen Kuchen mitnehmen«, sagte sie mit leiser Stimme und faltete die Hände auf dem Schoß.

»Ich glaube nicht, dass ich noch genügend Gelegenheit dazu haben werde, ihn aufzuessen, wenn Sie verstehen was ich meine.«

Obwohl ihre Mundwinkel nervös zuckten und die Augenlider flatterten, hielt sie seinem Blick stand.

»Wir beide wissen doch ganz genau, weshalb Sie heute hier sind, nicht wahr, Herr Kommissar?«

Ihr Lächeln vertiefte sich.

»Und bevor wir um den heißen Brei reden, möchte ich Ihnen meine Version der Geschichte erzählen.«

Müde senkte sie den Kopf und zupfte an ihrem Spitzentaschentuch herum.

»Mein Mann war nicht der liebevolle Ehemann, wie ich Sie und andere Menschen immer glauben lassen wollte. Er war ein Tyrann und hat mich ein Leben lang gequält. Nicht physisch, aber psychisch. Wir haben keine Kinder, müssen Sie wissen und das hat er mir immer vorgeworfen. Tag für Tag machte er mir klar, dass ich für nichts brauchbar sei und er lediglich aus Mitleid bei mir bleiben würde. An allem hatte er etwas auszusetzen und kontrollierte mich von morgens bis abends. Er war ein Pascha, hielt mich wie eine Leibeigene und gestattete mir weder Besuche bei Verwandten noch Bekannten. Ich lebte bis zu seinem Tod völlig isoliert, durfte nicht einmal die Einkäufe erledigen. Ich hatte weder Freunde noch Familie, war nur auf mich gestellt. Durch sein unerbittliches und autoritäres Regiment vergraulte er sämtliche Mitmenschen innerhalb kurzer Zeit. Je weniger er mir gestattete, desto mehr gönnte er sich. Er ging sogar ins Bordell.«

Sie hüstelte beschämt.

»Nachdem er mir auch noch den Umgang zu meiner einzigen Schwester und ihrem Sohn untersagt hatte, hielt ich es nicht mehr aus und mischte ihm eine ordentliche Portion Tollkirsche unter sein Essen.«

Sie schnäuzte sich die Nase.

»Unser Hausarzt hat den Totenschein auf Herzversagen ausgestellt, wofür ich ihm sehr dankbar war. Wissen Sie, nachdem August tot gewesen ist, konnte ich ein ruhiges und sorgloses Leben führen, ohne ständige Angst vor neuen Bosheiten haben zu müssen.

Kurz vor seinem Tod hat er dieses Bild von sich anfertigen lassen.«

Mit dem ausgestreckten Arm wies sie auf das Gemälde an der Wand.

»Und um ehrlich zu sein hängt es dort nur, wenn ich Besuch erwarte oder er mir bei etwas zusehen soll, was er verachtungswürdig erachtet. Hin und wieder gönne ich mir nämlich ein Gläschen Rotwein oder esse ein paar Pralinen, das mag er überhaupt nicht«, griente sie und beugte ihren hageren Oberkörper soweit wie möglich nach vorn.

»Ansonsten schiebe ich das Bild im Schafzimmer hinter den Schrank.«

Für einen kurzen Moment leuchteten ihre Augen, wie bei ihrer ersten gemeinsamen Begegnung.

»Und Sie habe ich heute erwartet, Herr Kommissar. Aber eigentlich hätte ich mir die Mühe mit Augusts Bild ersparen können, wenn Sie verstehen, was ich meine.«

Maurice Abel hatte die ganze Zeit interessiert zugehört und verspürte großes Mitgefühl mit dieser alten, aber überaus sympathischen Dame, die so viel Negatives erlebt hatte und doch so stark war. Er trank einen Schluck Kaffee und schaute Alexandra Brehme erwartungsvoll an.

»Sprechen Sie ruhig weiter, Frau Brehme, ich höre Ihnen zu.«

»Ja, wo war ich doch gleich stehengeblieben?«, schien sie zu überlegen. »Ach ja, die letzten Jahre waren sehr angenehm für mich. Ich konnte von der Pension meines Mannes recht gut leben und habe auch nette Kontakte geknüpft. Aber jetzt hat mich der Krebs fest im Griff und ich werde wohl nicht mehr lange unter den Lebenden weilen. Meine Schwester ist bereits vor zwei Jahren verstorben. Und ihr Sohne Na ja, wie soll ich es sagen.«

Wieder nestelte sie an ihrem Taschentuch herum, bevor ihre Augen den Blick des Kommissars suchten.

»Ich habe getan, was getan werden musste, Herr Kommissar.«

Ein schwerer Seufzer kam über ihre Lippen, ehe sie fortfuhr.

»Er war ein Monster in Menschengestalt und hat mehrere Frauen auf dem Gewissen. Und er hat das Leben von Nele Homberg zerstört, diesem zauberhaften Mädel, das keiner Fliege etwas zuleide tun konnte.«

Jetzt liefen ihr die Tränen über die Wangen und Abel reichte ihr sein Taschentuch.

»Ich musste es einfach tun, ich konnte nicht anders. Musste dieses Ungeheuer stoppen, bevor es noch mehr Unheil anrichtet. Dabei hatte ich ihn als kleines Kind immer auf meinem Schoß sitzen und habe ihm Lieder vorgesungen.«

Eine Weile schwiegen die einzigen Anwesenden, bis die alte Dame erneut das Wort ergriff.

»Wir sind in unserer Familie alle ein bisschen böse, müssen Sie wissen, ich auch. Dominik liebte meinen Apfelkuchen und der Wärter war so freundlich.«

Ermattet hob sie ihren Kopf und sah den Kommissar mit leerem Blick an, während ihr Oberkörper sanft vor und zurück wiegte.

»Schlaf, Dominik, schlaf. Tante Alexandra ist kein Schaf. Tante Alexandra ist ein Murmeltier, was kann das arme Kind dafür.«

Mit einem dicken Kloß im Hals erhob sich Kriminaloberkommissar Abel aus dem Sessel und streckte der alten Dame seine Hände entgegen.

»Kommen Sie, Tante Alexandra. Es wird Zeit für uns zu gehen.«

240